THE KEY

\

AN EOCHAIR

Máirtín Ó Cadhain

AN EOCHAIR

Dual Language Edition

Máirtín Ó Cadhain

THE KEY

Translated from the Irish by
Louis de Paor & Lochlainn Ó Tuairisg

DALKEY ARCHIVE PRESS
Champaign / London / Dublin

First Dalkey Archive edition, 2015
Second printing, 2015

First published in Irish by
Sáirséal agus Dill / Cló Iar-Chonnacht, Indreabhán,
Co. na Gaillimhe, Éire-Ireland.

Library of Congress Cataloging-in-Publication Data

Ó Cadhain, Máirtín, author.
An eochair = The key / Máirtín Ó Cadhain ; English translation
by Louis de Paor and Lochlainn Ó Tuairisg.
-- Irish/English dual language edition, First edition.
pages cm
ISBN 978-1-56478-443-8
I. De Paor, Louis, 1961- translator. II. Ó Tuairisg, Lochlainn,
translator. III. Ó Cadhain, Máirtín. Eochair. IV. Ó Cadhain, Máirtín.
Eochair. English. V. Title. VI. Title: Key. VII. Title: Eochair. VIII.
Title: Key.
PB1399.O28E5813 2015
891.6'2343--dc23
2014036377

The Key received financial assistance from the Arts Council of Ireland.
This book was partially funded by a grant by the Illinois Arts
Council, a state agency

www.dalkeyarchive.com
Printed on permanent / durable acid-free paper
Cover: design and composition Mikhail Iliatov

THE KEY

\

AN EOCHAIR

Páipéar-choinneálaí a bhí i J.

Aontó duine cneasta ar bith gurb é sin an ceann posta is mó mortabháil agus is anshocraí sa Stáitsheirbhís. Arae is páipéar í an Stáitsheirbhís, chuile chruth, cineál, dath, déanamh agus téagar de pháipéar. Meamraim mhóra thoirtiúil a mbíonn a ndóthain talúna fúthu, a chlúdaíos talamh as éadan ar nós leacrachaí i seanreilig. Amhdála beaga gágach airgid a mheabhródh ramallae ar leic fhearthainn-sciúrtha, comharthaíocht gur shnámh seilmide nó feithideach mar é thart agus gur fhága sé a lorg le cur i bhfios gur shnámh. Na hAchtannaí, na hOrdaithe, na hionstraiméid reachtúil le pont a chéile, uimhrithe in a n-arm, faoi réir nó go dtuga an námhaid ionsú. Na meabhráin naofa a raibh ráite fúthu go dtugaidís go seasta cúrsa go dtí rúnaí na Roinne agus anuas le fána aríst go dtí a chuid íochtarán, meabhráin ar theangmhaigh lámha an Aire féin le cuid acu b'fhéidir. Ansin bhí na lipéid ann, na píosaí beaga páipéir faoi ainm agus uimhir a ghreamaítí ar chuile chineál acu sin, in a mbarr maise an smeara béil. Ach b'fhada uathu sin. Bhí siad cho dodhéanta dhá n-uireasa leis na comhaid agus na meabhráin féin. Cé mar d'aithneofaí comhad thar a chéile marach iad? Ba dhoilí a chreidiúint nach rudaí beo, nó pacáistí de bheatha agus de bheos stánaithe eicínt a bhí sna comhaid. Ach ní raibh na hairíona foirimeallach orthu atá ar dhúil bheo, lámha, cosa, súile, gruaig, eireabaill, adharca. Níor cloiseadh ariamh faoi chomhad bacach, faoi chomhad caoch, ná taghadach, ná tinn, ná peacach, faoi chomhad a bheith in a dhochtúir, ná in a shagart, ná in a stáitsheirbhíseach féin. Ba gheall le Dúileamh-chruthú eile, cruthú neamhspleách, iad, a bhí in ar measc ach nár chuir muid suntas iontu mar chruthú fós. Ba dheacair gan creideamh agus saol síoraí féin a shamhalú le comhad agus a lipéad. Cuid acu dhá mhéad dhá gcuirtí i dtaisce sa dorchadas iad nídís amach an solas gan a fhios cén chaoi. Agus cuid a d'fhágtaí amuigh faoin solas ní bhídís ar a gcóir féin ach sa

J. was a paperkeeper. Any honest person will admit that this is the most responsible and difficult position in the Civil Service. Because the Civil Service is paper, every size, every shape and make, every colour and class of paper. Huge bulky memos that cast long shadows, taking up space like slabs in an old cemetery. Thin tattered receipts like slime on a rainswept rock, a sign that a snail or something like it had slid past and left a trail in its wake. Acts, Orders, statutory instruments side by side, armed and numbered, ready for the fray. Sacred memoranda, about which it was said that they regularly went as far as the secretary of the Department before descending again to his underlings; rumour had it that some of them may even have been touched by the Minister's hand. Then there were the labels, small pieces of named and numbered paper stuck to every document, their ultimate adornment, like lipstick. But they were far from that. They were as indispensible as the files and the memoranda themselves. For without labels, how could one file be distinguished from another? It was hard to believe the files weren't alive, or like tinned cans of flesh and blood. But they didn't have the outer attributes of living things, arms, legs, eyes, hair, tails, horns. No one had ever heard of a file that was lame or blind or short-tempered, that was ill or sinful, or of a file that was a doctor, a priest or even a civil servant. It was as if they belonged to another order of creation, separate to ours, and dwelt among us without being noticed. It was easy to imagine that a file and its label had its own faith and afterlife. Some of them, no matter how far back they were shoved into the darkest recesses, man-

dorchadas. B'fhurasta freisin a thaispeáint go raibh faltanas acu dhá chéile agus go dtroididís a chéile. D'fhaightí comhad ar maidin agus é dingthe nó smut comhad eile báite ann. Fiú tharlaíodh cogaí catharta comhad. B'fhurasta aithint é sin nuair a chuir Rialtas A Dheaide Rialtas A Chara amach. Bhí daoine a mhionnódh gur chuala siad gíoscán, plionca, ropa agus réaba na gcomhad sna halmóirí. Fritheadh comhaid lioctha, thollta, sclártha, stróicthe. Ní raibh aon fhuilingt ag na sean-chomhaid leis an gcuid nua agus gan acu ach malairt. De ghrá an réitigh b'éigean iad a choinneáil scartha. Ní raibh a fhios cén uair a chuirfí fios ar chomhad, ar chomhad áirid agus ní ar chomhad ar bith. Dhá mba é an comhad eile a thiúrfaí suas ba gheall é le stáitsheirbhíseach a thabhairt leis an ola a chur ar dhuine a bheadh ag saothrú báis. Dá mhéad dhá smaoineofaí air ba léar go mba dhemhan iontu féin comhaid, domhan a bhí in ar láthair ach nár dhínn iad. Ba dhúil bheo lena lipéad sainiúil féin, séala a ionracais féin, gach comhad. An siolla ba lú gaoth d'fhuadódh sé lipéad leis. Dúile briosc-bheathach mar sin ba ea iad. Scuabfaí lipéad isteach faoi sháil almóra, ar chúla almóra, siar síos ar chúla comhaid in almóir, amach an doras dá mbeadh sé ar faon-oscailt, amach an doras eile aríst agus an doras eile agus an doras amuigh ar fad. Ba chosúil é leis an abhlainn a fhuadach as a háras féin. D'fhéadfaí lipéad a dhúnmharú freisin le dhul dó amach fuinneog, suas simléar, nó i dtine. Ádhúil go leor ní raibh fuinneog, simléar, ná tine i seomra seo na gcomhad. Bhíodh uisce te sa bpíopa sa ngeimhre agus an solas aibhléise síorlasta. Ach in a dhiaidh sin níor leithne an t-aer ná an timpiste. Thiocfadh do lipéad 'fuadach as' a theacht air mar is léar, nó go leor anachain eile. É á chasa isteach sa gcomhad contráilte áit arbh fhialas, beithíoch i mbradaíl, é, mar nárbh ann ba dhlist-eanach dó a bheith. Nó a dhul in aimhréidh dhó i gcuail eile páipéar, áit nach bhfaighfí go ceann blianta é agus a aitheantas agus a theideal imithe as cuimhne. Dar ndóigh bhí na comhaid

aged, somehow, to make their way back to the light. And those that were left out in the light weren't happy unless they were in the dark. It was obvious that they held grudges and fought with each other as well. In the morning a file might be found dented, or the head of one might be butting another. There were even civil wars between files. Especially when His Father's Government put out His Friend's Government. People swore they heard squealing, battering, thumping and wailing of files in the cabinets. Files were found crumpled, stabbed, torn, tattered. The old files couldn't stand the new ones and vice versa. To preserve the peace, they had to be kept apart. No one knew when a file, a particular file and not just any old file, might be sent for. If the wrong file was sent up, it was as if a civil servant had been sent to administer the last rites to a dying person. The more you thought about it, the more you realised that the files were a world unto themselves, a world that was all around us but not part of us. Every file, with its own unique label, proof of its integrity, was a living thing. The smallest puff of wind might carry a label off. They were fragile, short-lived things. A label might be swept under or behind a cabinet, down behind a file inside a cabinet, or out one door if it was ajar, then another and yet another and finally out through the outside door. It was like the host being stolen from the tabernacle. A label could be murdered, too, thrown out a window or up a chimney or into a fire. Luckily, there was neither window nor chimney nor fire here in the files room. There was hot water in the pipes in winter and the electric lights were always on. But accidents will happen. A label might be mysteriously abducted or any number of other misfortunes might befall it. It might end up in the wrong file, like a weed or a thieving cow, where it had no right to be. Or it might find itself mixed up in the wrong pile of papers where it

agus na meamraim seachráin ann, na coisíní siúlach de chomhaid
sin a casadh isteach sa roinn sin ó ranna eile, fiú ó thíreannaí eile
agus nárbh fhios d'aon duine cén fóidín meara nó na meanmnaí
a chas ansin iad. Ach thugtaí óstachas dóibh cé nach raibh a
fhios ag aon duine cén fáth. Cheal eolas cinnte cé chuige a
gcuirfí ar ais iad is dóigh. Nó rud ba dosháraithe ná sin, an
modh foirmiúil len a gcur ar ais. Chinn ar J. ariamh a thuiscint
cé mar tharlódh in áit cho dea-riartha, dea-ordaithe leis an
Stáitsheirbhís, áit gan bun chleite amach ná barr chleite isteach,
go bhféadfaí éanachaí cuaiche mar seo a fhuilingt. Bhí creidiúint
láidir ag páipéar-choinneálaithe go raibh taibhsí de lipéid agus
de chomhaid agus fiú de mheabhráin ann a d'fheictí scaití tar éis
iad a scrios, a dhúnmharú, nó a charta amach na blianta roimhe
sin. Deirtí go raibh áiteachaí ní ba chomhad-shíúla, lipéad-
shíúla ná a chéile agus sheachnaíodh páipéar-choinneálaithe na
háiteachaí sin. An comhad a bhain le airgead na Seirbhíse Rún-
da faoi Rialtas A Chara díthíodh é na blianta ó shoin, ach bhí-
odh sé le feiceáil go seasta agus an dúch dearg le chuile thaispeána
ní ba mhó ar dhath na fola, má b'fhíor. Dar ndóigh bhí scéalta
thairis ann. Bhí an scéal ann faoi lipéad i roinn eile scaitheamh
blianta roimhe sin. Ba le greamú a bhí sé ar chomhad an Ordú a
rinne an tAire, de bhithin na gcumhachtaí a bhí dílsithe ann
faoin Acht, i dtaobh fialusra, luifearnach, ribhléis agus fás mí-
thaithneamhach eile a choisce i reiligeachaí agus in áiteachaí
ánlacain nach raibh árais na Stáitsheirbhíse féin ná scoileannaí
na tíre áirithe orthu. Leis an am a mheilt lá thosaigh páipéar-
choinneálaí, sóisear mar J. féin, ag cur séideogaí faoin lipéad, ag
tabhairt dornaí méire dhó san aer, ag fáil spóirte air ag déanamh
cleas an tradhaill. Ach marbh-chaismeacht ba mhó a bhí in a
thuirlingt mhall go talamh … D'aon iarra amháin b'shiúd
imithe é, gan fáil air. hIarradh an comhad an pointe sin.
D'amhdaigh an páipéar-choinneálaí. Ciontaíodh agus cuireadh
amach ar an tslí iomchuí é. Blianta in a dhiaidh sin fritheadh an

wouldn't be found for years, by which time its name and title would have been forgotten. Then, of course, there were the stray files and memos, drifters which had wandered in from other departments, other countries, even, and no one knew how or why they had come to be there. But they were accommodated even though no one really knew why. Probably because no one knew who to send them back to. Or, more importantly, the correct procedures for sending them back. J. never understood how, in a place as well run, as well organised, as spick and span as the Civil Service, these cuckoos were tolerated. Paperkeepers firmly believed in ghosts; ghost labels, files, even memoranda, that were occasionally seen after they had been destroyed or murdered or thrown out years before. It was said that certain places were more file-haunted, label-haunted, than others, and paperkeepers avoided those places. The file on Secret Service monies under His Friend's Government had been destroyed years ago but it was still regularly sighted, its red ink seeming more like the colour of blood every time, if the stories were true. Of course there were other stories, too. There was one about a label in another department a few years before. It was supposed to have been stuck to the file of a Ministerial Order, pursuant to powers granted under the Act to prevent the spread of wild herbage, weeds, overgrowth and other unwelcome invaders in cemeteries and other places of interment, Civil Service premises and the nation's schools excepted. To pass the time one day, a paperkeeper, a junior like J., started blowing the label up into the air, flicking it around, having great fun as he watched it somersault through the air before falling, slowly, lazily, like a dead thing, to the ground ... Suddenly it was gone and there was no getting it back. At that very moment, the file was requested. The paperkeeper owned up. He was found guilty and dismissed in the ap-

lipéad, in a lipéad an babhta seo ar bhláileasc as cionn chónra an Aire. Marach cho gasta is bhí príomh-oifigeach a tharla ann . . . Ach ní tharlódh a leithéid sin ach sa roinn sin. B'fhada an Roinn féin ánlactha go cuí, rud a mheabhraigh do J. gur shroich cuid de bhráitír pháipéar an Roinn-Thiomna isteach sa seomra sin aige féin. Bhí giongaíl i liopaí J. ar ala na huaire. Ar éigin a d'aithin sé féin cén fáth an pointe áirid sin. D'aithin sé gur anuas as a cheann a bhí sí ag teacht, anuas a bhaithis, anuas a shrón, rud a thug dhó í a shéide i naipcín póca glan, anuas go ndearna sí lúib theann ar chrioslach a bhéil. Bhí smaointe geamchaoch mar bheadh liabógaí leathair ann ag tuairteáil timpeall chlogás a inchinne. Níorbh fhéidir a chur i gcéill dhá Shean-Cheann go raibh tada le déanamh ag duine nach raibh ach ag láimhseáil pháipéir. Dhá mba ag láimhseáil ghuail é, nó Hoovers, nó 'Marbhfáisc go deo oraibh, croisim aríst sibh' de pháistí. Ní ligfeadh a Shean-Cheann in a gaire gur páipéar a bhí ag coinneáil an tsaoil ag imeacht, dhá loiceadh meabhrán, loicfeadh roinn, rialtas, dlí, ord, ceart. Níor ghar a inseacht di gurb éard deireadh an páipéar-choinneálaí Sinsir, S., sa seomra amuigh: d'uireasa lipéad ní comhad, d'uireasa comhad ní stáitsheirbhíseach, d'uircasa stáitsheirbhíseach ní grádannaí ordúil, d'uireasa grádannaí ordúil ní rannóg, d'uireasa rannóg ní roinn, d'uireasa roinn ní Stáitsheirbhís, d'uireasa Stáitsheirbhís ní rúnaí, d'uireasa rúnaí ní Aire, d'uireasa Aire ní rialtas, d'uireasa rialtas ní státa. Is é an lipéad an tairne a ngabhfadh an ríocht le fán dhá uireasa! 'Féach i ndiaidh na lipéad agus féachfa an Státa in a dhiaidh féin.' B'ionann lúib ar lár sa gcóras cliarlathasach seo agus bailbhe iomlán sa saol feasta, díghradamú an duine go dtí staid an bheithígh. Ba shin rud a léigh J. uaidh in irisleabhar ar bhord an oifigigh riaracháin, an t-aon uair amháin ariamh ar chuir an páipéar-choinneálaí Sinsir, a 'bhas', anonn é le comhad. An Sinsear a ghabhfadh anonn an lá sin freisin is dóigh, marach an bhean sin. Léanscrios orthu mar mhná! Nach diabhalaí ar a

propriate manner. Years afterward the label was found on a
wreath on the Minister's coffin. Were it not for a quick-thinking
principal officer who was present ... But that kind of thing
could only happen in that particular department. The Depart-
ment itself had been given a proper burial a long time ago,
which reminded J. that some of the paper flotsam of the Depart-
ment's Last Will and Testament had washed up in his own of-
fice. He felt his lips twitch suddenly. Why his lips, he wondered.
The twitch began on the top of his head, came down his fore-
head and along his nose, which prompted him to blow his nose
into a clean handkerchief, before the twitch twisted the middle
of his lip. Bleary thoughts fluttered like bats in the belfry of his
mind. You couldn't convince his Old One that a person who
only handled paper had a tap in the world to do. If he were han-
dling coal or hoovers or, God save us from all harm, children.
His Old One couldn't accept that it was paper that made the
world go round; if a memorandum disappeared it would be the
end of department, government, law and order, and justice. It
was no use telling her what the Senior paperkeeper, S., in the
outer office, said: without a label there can be no file, without a
file there can be no civil servant, without a civil servant no hier-
archy of grades, without a hierarchy of grades no section, with-
out a section no department, without a department no Civil
Service, without a Civil Service no secretary, without a secretary
no Minister, without a Minister no Government, without a Go-
vernment no State. The label is the nail for want of which the
kingdom would perish! 'Look after the labels and the State will
look after itself.' One missing link in this hierarchy would mean
utter chaos, humanity reduced to the level of animals. J. had
read that in a magazine on the administrative officer's desk the
one and only time the Senior paperkeeper, his 'boss', had sent

mhaga sin féin nach dtuigfidís rud eicínt uair eicínt! A Shean-
Cheann féin ba í an aicíd bhreac aici sa teach páipéar, marar i
gcruth nótaí a bheadh sé, agus í ag síorcheasacht nach raibh J. ag
tabhairt a dhóthain den chruth sin abhaile tar éis a raibh de
fhriotháil mhuirneach aige ar pháipéar. Bhí J. ag teacht léi ar
mhodh. I seomraí séalaithe ba dhual páipéar a choinneáil. De
phlimp chuimhnigh J. go raibh na smaointe geamchaoch sin le
chúig nóiméad ag tuairteáil in aghaidh mhaide mullaigh a
inchinne, aislingíocht a thugadh an t-oifigeach cléireachais sa
darna seomra amach uaidh ar a leithéid. Ní raibh aon rud áirid
le déanamh. Mar sin féin ba é a shíorchleachta a bheith ag
imeacht agus comhad muirnithe faoin ascaill aige. Sin nó bheith
ag leagan a mhéire ar pháipéar anseo agus ansiúd, comhad a
bhaint amach as a áit agus é a chur ar ais aríst, nó bheith ag
breathnú go grinn suas síos feadh seilpeannaí na n-almóirí. Dhá
ghrinne an breathnú ba lú an fheiceáil. D'amhdódh J. féin gur
shaothar mímhaitheasach é. Cén mhaith do pháipéar-
choinneálaí comhaid i gcoitinne, ionann's an teibíocht comhad,
a fheiceáil nuair nach mbíonn sé ag iarra aon chomhad nó
comhaid ar leith a fheiceáil? Rud gradha nach aon duine ariamh
a mhúin an faisean sin do J. As a mheabhair féin a thug sé faoi
ndeara é. Bhíodh sé d'fhaisean ag an Sinsear, ag an mBas, an
doras isteach ón a sheomra féin a oscailt go tobann agus a bheith
istigh in a mhullach mar scaoilfí, slán an tsamhail, bréan-
bhamba faoi. Cheap J. go raibh S., an Sinsear, in a aghaidh. An
chéad rud a chuir sé faoi deara dhó éiriú as toitíní. Go
neamhdhíreach a rinne sé é. Bhí na bealaí neamhdhíreach sin le
S. A theacht isteach gach tráthnóna roimh sheomra J. a chur faoi
ghlas dó, a dhul ag smúracht thart, ag searra a dhreidire sróine
isteach i gcúinní agus idir almóirí, agus ag rá: 'Chítear dhom go
bhfaighim bala … bala toitín … Dhá mba i ndán's …' As a
dheire ba shuaimhneas dhó féin éiriú astu faitíos go mbuailfeadh
an cathú go brách é tosú ag caitheamh le linn oibre san áit a

him over there with a file. The Senior would have gone over that day, too, if it wasn't for that woman. Bloody women! All jokes aside, isn't it amazing how they understood nothing, ever. His own Old One regarded all paper as if it were a pox in the house, unless, of course, it came in the form of banknotes. She never stopped complaining that J. wasn't bringing enough of that kind of paper home with him for all the attention he was lavishing on paper. And he agreed with her, in a way. Paper should be kept in sealed rooms. Suddenly he realised that those bleary thoughts had been battering his skull for the past five minutes, that he had been daydreaming, as the clerical officer two offices out would say. There was nothing in particular to do. But he was in the habit of wandering around with a file tucked under his arm, or fingering a paper here and there, retrieving a file and then re-turning it, or looking up and down and carefully scrutinising the cabinet shelves. The closer he looked the less he saw. Even J. would admit that it was a waste of time. What use was it to a pa-perkeeper to see a collection of files, a kind of abstraction, when he wasn't looking for a particular file or files? Not that any one had instructed J. in this matter. He had figured it out for him-self. The Senior, the Boss, had a habit of opening the door sud-denly and sweeping into the office without warning, as if, God forbid, someone had let off a stinkbomb. J. thought S., the Se-nior, didn't like him. The first thing he had forced him to do was give up the cigarettes. Not that he said anything directly. That wasn't his way. He'd come in every evening before he locked J.'s office, poke about, stick his hoover of a nose into corners and between cabinets, and say: 'I seem to be getting a smell ... of cigarettes. Almost as if ...' Finally, for his own peace of mind, he had to give them up, in case he was ever tempted to light up at work, where there was so much paper. But, by all the puffs of

raibh an oiread sin éadáil pháipéir. Ach dar clabannaí deataigh an domhain thug sé cnáimh le crinne do J. Bhí goile triúr aige. Chaitheadh sé an oíche ag fille agus ag feaca! A Shean-Cheann an oíche siúd: 'Más rud é a thiúrfas réidh an achair do mo chorróg bhocht bhriosc cuir an stumpa sin i do chlab agus bain deatach i dtigh diabhail as. Ní fhaca mé farraigí cho mór seo sa mbád ariamh cheana.' Le cuimhniú fós féin air b'iontach daingean a chuir J. a rún i gcrích an oíche sin, an nuta de *fag* a spíona agus a chaitheamh sa bpota. Bhíodh S. an Bas freisin d'fheacht agus go háirid ag ligean leidí chuige. Ní raibh sé maith go leor aige a theacht isteach le fabhar! Ní bhfaigheadh ardú ach an té a bhí cáilithe. Ba í buachailleacht an pháipéir an cúram ba throime sa Stáitsheirbhís, arae ba í an Stáitsheirbhís í, rud nach mbeadh call aige a rá ní ba mhó bhí súil aige. 'Tabhair rí-aire dhuit féin,' adúirt sé leis lá. 'Chí Dia cén bhail atá ar an gcomhad sin anois agus é ar a sheans go gcuirfe an t-oifigeach riaracháin fios air pointe ar bith, inniu féin, anois féin, b'fhéidir': comhad a thit ó J. agus é ag tógáil ceann eile. 'Fear mar chách thú. Níl cheithre láimh ort. Ná tóig an t-athchomhad go brách go mbeidh an ceann atá idir lámha agat de láimh.' Ba ghráin le J. an chaoi a mbíodh S. ag streillireacht thart ar an leabhar chuile mhaidin le linn dó féin, J., a bheith ag síniú an ama, leathshúil ag S. suas ar an gclog agus leathshúil eile ar ghluaiseacht an phinn, fearacht iomróir a d'ardódh leathmhaide as an uisce agus a thomfadh domhain an leathcheann eile, d'fhonn an bád a iontú. Agus ansin bhí an lá a bhfuair S. caidéis dhá bhonn seirbhíse míleata a bhí ar a chába: 'Ní miúsaíom seodóireacht é seo. Cén sórt leadhb thú féin nach dtugann faoi ndeara nach bhfuil aon "deigh deigh" mar sin ar an oifigeach cléireachais, ar an oifigeach foirne, ar aon oifigeach feidhmiúcháin, ar aon oifigeach riaracháin, ar aon phríomh-oifigeach, ar aon leasrúnaí, ná ar an rúnaí, ná ar an Aire féin. An chéad bhall eile a bheas thuas agat, is dóigh, an Fáinne.' Nuair adúirt J. nach raibh aige ach

smoke in the world, it gave him something to do. Now, instead, he ate enough for three, and spent the whole night tossing and turning. That first night his Old One had said: 'If it'll give my poor old hip a rest, stick that cigarette butt in your gob and start puffing. I never saw such high seas in this boat before.' Even now, looking back on it, J. was remarkably determined, crushing the cigarette butt and throwing it down the toilet. S. the Boss was constantly dropping hints, too. It wasn't enough that he had gotten in through influence. To be promoted, you had to be qualified. Minding paper was the most onerous duty in the Civil Service, because the Civil Service was paper; he hoped he wouldn't have to repeat himself on the subject. 'Watch yourself,' he said to him one day. 'Look at the state of that file, and there's every chance the administrative officer might send for it at any time. It might even be today, this very moment.' J. had let a file drop while retrieving another one. 'You're a man like any other. You only have two hands. Never take up a second file until you've laid down the first one.' J. hated the way S. hung around every morning while he was signing in, one eye on the clock and the other on the movement of the pen, like a rower lifting one oar out of the water and plunging the other one down in order to turn the boat. And then there was the day S. noticed the military service medal on his lapel: 'This isn't a jewellery museum. What kind of a fool are you that you haven't noticed that neither the clerical officer nor the staff officer nor the executive officer nor any administrative officer nor assistant secretary nor the secretary nor even the Minister himself wears a die-die like that. Next thing you know, you'll be wearing a *Fáinne*.' When J. answered that all he had was the *cúpla focal*: 'True for you. You only got in here because you had pull.' And this wasn't the only thing S. complained about: more help was needed; one person

spros-Ghaeilge mhaol: 'Níl dar ndóigh. Le fabhar a tháinig tú isteach.' Agus ba as bolg soláthair sáiteán a bhí casaoid S. ag teacht: tuille cúnta ag teastáil; ní raibh duine amháin i n-ann an páipéar uilig a bhuachailleacht ... Bheadh J. réidh le S. anois go ceann coicíse agus ansin thosódh a shaoire féin. Ba gheall le léine róine bainte de J. anuas an Bas a bheith ar saoire ó am dinnéir inniu. Go ceann cheithre thráthnóna déag aríst ní thiocfadh sé isteach sa seomra ag J. le fuagairt: 'Chúig nóiméad don cúig. Feistigh suas agus amach go gcuire mé glas ar do dhoras.' Bhíodh an chéad chuid den ráiteachas sin cho neámhaí, cho fánach le hais an t-éigniú eochrachaí ba chríoch dó is gur mhinic a chuimhnigh J. nár mhiste le S. é féin fanacht faoi ghlas sa seomra. J. a dhul amach i seomra an tSinsir. An Sinsear amach in a dhiaidh. Glas dhá chur ag S. ar an doras idir a sheomra féin agus seomra J. An eochair dhá cur i bpóca domhain a d'fhaigheadh sé fuaite go speisialta ar thosach a bhríste. Ar í a tharraingt as aníos dé ar maidin, saothar ab anró dó dar le J., bhraitheadh J. i gcónaí gur mhó dhá fhonn a bhíodh air a cur ar ais aríst agus gan J. a ligean isteach in a sheomra chor ar bith. Fós féin bhíodh sin ag cur smeachaíl faoin gcraiceann ag J, díreach i bpoll na fola faoin gcluais. Níor fhéad sé a dhéanamh amach ariamh tuige go háirid go mba i bpoll na fola a bhíodh sé. Cinnte b'fhaisean le J. a ordóg agus a chorrmhéir a chur suas isteach i bpoll na fola fearacht is dá mba pholl glais é. D'éirigh J. agus rinne geábh beag damhsa nó goití damhsa sul ar chuimhnigh sé air féin. Ba sheo í an chéad bhliain aige anseo. As seo in imeacht cheithre mhaidin déag agus cheithre thráthnóna déag é féin a ligfeadh isteach agus amach é féin as an seomra sin. Ba ar a chúram féin a bheadh an eochair scáfar sin. Ar a chúram ó chuirfeadh sé glas ar a dhoras féin amach i seomra S. agus ar dhoras S. amuigh. Dhá chumhachtaí dhá raibh S. ní raibh de chumhacht aige eochair an pháipéir a thabhairt leis ag dul ar saoire dhó. Ach cá gcuirfeadh sé í? Breá nár chuimhnigh J. póca

couldn't possibly look after all that paper … J. would be free of
S. now for a fortnight and then his own holiday would begin
For J., S.'s being on leave from dinner-time today was like taking
off a hair shirt. For the next fourteen evenings, he wouldn't come
into the office announcing: 'Five minutes to five. Finish up there
so I can lock up.' The first part of his spiel was so listless, so ca-
sual, compared to the violent rattle of keys with which it was
completed, that J. often thought that S. wouldn't mind at all if J.
was locked into the office. J. would go out into the Senior's of-
fice. The Senior would follow him out and lock the door be-
tween his own office and J.'s. Then he would place the key deep
inside a pocket he had specially sewn into the front of his trou-
sers. When he'd take it out in the morning, with great reluctance
it seemed, J. always thought that he'd rather put it back in his
pocket and not let J. into the office at all. Even now, this made
J.'s blood pound in the hollow just under his ear. He could never
figure out why the throbbing was always just under his ear. Of
course he did have a habit of pushing his thumb and index fin-
ger in there as if his ear was a keyhole. He got up and danced, or
tried to dance, a little jig before he realised what he was doing.
This was his first year here. For the next fourteen mornings and
evenings, he would let himself in and out of that office. He
would be responsible for that little key, for locking his own door
that led into S.'s office and locking S.'s office from outside. For
all S.'s power, he wasn't permitted to take the paper-key with
him while he was on leave. But where would J. keep the key? It
had never occurred to him to get a special pocket sewn into his
trousers. When he bought his suit, he never imagined he would
ever be responsible for something as valuable as that key. Some-
one sitting beside him on the bus might slip a hand into his
pocket. You could never rule out pickpockets; the world was full

domhain ar leith a fháil i dtosach a bhríste? An tráth a bhfuair sé
an chulaith éadaigh níor chuimhnigh a chroí go mbeadh ball
éadálach mar an eochair sin faoin a chúram go deo. Duine a
bheadh len a ais sa mbus chuirfeadh sé láimh i ngan fhios in a
phóca. Ní fhéadfadh aon duine cneamhairí a fhaire. Agus céard
eile a bhí ar an saol ach cneamhairí? Í a chur sa bpóca a bheadh
amuigh le colbha an phasáiste sa mbus. Ach cén fios a bhí aige
cén áit a gcaithfeadh sé suí sa mbus? Agus ní ball í sin le bheith
dhá hathrú ó phóca go chéile i mbus, mar d'athraíodh ridirí
airgid i Meireacá mná má b'fhíor do S. Póca a threabhsair?
D'fhéach bean i dteach ósta oíche len a láimh a chur síos ann.
Nuair a bhraith J. í dúirt sí go neamhurchóideach gur ag iarra é
a jissáil, sea é a jissáil, beala a chur faoin a ioscadaí, sea beala a
chur faoin a ioscadaí, é a chur suas sa luastar ard; sea sa luastar
ard, i dtop gear, a bhí sí. Sin é a shantódh paca diabhal den tsórt
sin, eochair, eochair, a d'osclódh glas, glas a d'osclódh éadáil,
éadáil a d'osclódh tithe ósta, tithe ósta a d'osclódh ól agus bia,
clúmhach mín, fuíoll na bhfuíoll. Is é an tráth é, dar ndóigh, sul
a raibh sé in a pháipéar-choinneálaí a chuir sí ann í. Thitfeadh
an eochair go réidh as póca ascalla ag croma dhó. Ní raibh póca
ar bith ab fhusa a choille ná póca na corróige. Í a chrocha ar
ruóg timpeall a mhuiníl? Dhá loicfeadh an ruóg ní aireodh sé ag
dul le fána a chliabhraigh, a bhoilg, a bhríste, amach le sáil a
bhróige í. Níl áit ar bith is túisce a ngabhfadh sí le fána ná i
bpíobán an leithris agus é ag imirt an oiread foréigin ar a bhríste
is ba riachtanach len a fheistiú suas air i gceart. Píobán an leithris
ru? Bhíodh fonn tochais air freisin le gairid. Deireadh a Shean-
Cheann nár bheag dhi scoilteachaí na corróige agus gan an aodh
thochais sin a bhí tóigthe ag J. as seanpháipéir bhréana a bheith
mar ghaimbín anuas ina mullach. Greim docht a choinneáil
uirthi in a ghlaic, istigh in a mhiotóg, ba shin é an bannaí ab
fhearr. D'aon-iarra chuimhnigh sé, faitíos na fálach thuas, go
bhféadfadh sé múnla, dhá mhúnla dhi, a fháil déanta an

of them. Could he put it in his outside pocket and sit in the aisle seat on the bus? But how would he know where he might have to sit? And it wasn't as if he could switch the key from pocket to pocket once he was on the bus, like millionaires switch women in America, if what S. said was true. What about his trouser pocket? A woman in a pub had tried to put her hand in his pocket once. When he caught her, she was all innocence: she only wanted to jizz him up, that's what she said, to jizz him up, rise him, that's right, to rise him, to get him worked up; yes, she was worked up herself, in top gear, so she was. That's what they wanted, herself and the likes of her, a key that would open the lock to the good life, pubs, food and drink, soft beds, the lap of luxury. Of course that was before he became a paperkeeper. The key might easily fall from his breast pocket if he bent down. And a hip pocket was the easiest one to pick. Should he hang it around his neck on a string? What if the string snapped? He wouldn't feel it fall down his chest, along his belly, out from under his trousers and on to his shoe. The most likely place for it to fall would be into the toilet while he was struggling to do up his trousers. Down the toilet, indeed! Lately, he had begun to feel itchy as well. His Old One used to say she was suffering enough with her rheumatic hip without J. bringing whatever rash he had caught from smelly old papers down on her into the bargain. To grip the key tightly in his hand, in his glove, that was the safest way. Then suddenly it came to him: just in case anything happened, he could get a copy made, two copies, that very evening. That should do the trick. But was that against the rules? He hadn't heard of any such rule, and, since he hadn't heard of it, there could be no such rule. But there was such a thing as procedure, which was just as important as any rule; he heard the clerical officer say one day that the Civil Service had as large a

tráthnóna sin féin. Ba é diabhal na mban ribeach é mar scéal nó dhéanfadh sin cúis. Ach an raibh sé sin in aghaidh na rialachaí? Níor chuala sé in aon rial é agus rá's nár chuala chaithfeadh sé nach raibh. Ach bhí rud eile ann a dtugtaí nós-imeacht air a bhí ar aontábhacht leis na rialachaí agus chuala sé an t-oifigeach cléireachais ag rá lá go raibh Tíonacal na Sean-Traidisiún ag an Státsheirbhís cho maith is bhí ag an Eaglais. Ní raibh ann ach gabhalántacht fre chéile. D'fhéadfadh sé múnla a chaille freisin agus cneamhaire ar bith é a fháil. Agus dhá liacht múnla b'amhala ba mhó an deis chneamhaireacht. B'fhearr dhó na múnlaí a chaitheamh as a cheann agus gan an bhun-eochair a chaille. Ba shin é an choir. D'fhéadfadh duine nárbh iomchuí dhó é agus ar an ábhar sin ar mhídhlisteanach dhó é a theacht isteach, a rogha rud a dhéanamh le páipéar, fiú é a chur thrí lasa, dí-aithníthear. Ba shin rud a chuireadh drillí thríd, mar bheadh an taoille tuile ag coipe in a chuid fola, a Shean-Cheann a fheiceáil ag cur páipéar thrí lasa. Lá dhár fhiafraigh J. céard a bhí iontu sin ba éard adúirt sí, 'leitreachaí grá ó leannán a d'fheall orm fadó,' agus chuir leota dhá teanga amach … Chuala J. an guthán ag gleára sa seomra amuigh, seomra S. Siúd de sciotán J. go doras, bhain casa as an murlán ach den diabhal oscailt ná oscailt a dhéanfadh sé. Thug a shean-chasa dhó, deiseall agus tuaifeall, chuir a ghlúin leis, chuir a ghualainn in a aghaidh, ach d'fhan an doras ansin cho neamhghéilliúnach neamhspléach le ionstraiméad reachtúil arb in Acht a bhí aisghairmthe í féin cheana i ndearmad a bhí cumhacht a aisghairmthe. B'éigean do J. na smaointe geamchaoch a bhí ag tuairteáil timpeall a intinne a cheapa agus a chomhadú. Cá raibh an eochair ru? Ag déanamh dóigh dhá bharúil ar feadh na fuide, ag cur girriachaí bog te as tomachaí nach rabhadar iontu! Bhí an doras faoi ghlas taobh amuigh, an Sinsear—le S mór a leitrítí Sinsear i gcónaí agus gach uair dhá rá dhó mhothaíodh J. téagar an S sin in a bhéal sóisir—an Sinsear imithe ar saoire ó am dinnéir go Manainn

corpus of Tradition as the Church did. It was all convolution. He could just as easily lose the copy, for any scut to find. The more copies he had, the greater the danger of scuts. He'd be better off putting the copies out of his head altogether and not to lose the key. That would be the worst thing that could happen. An inappropriate, and, therefore, unauthorised person might come in, do as he wished with the paper, even set it alight, God forbid. It used to make him shiver, as if a flood tide was coursing through his veins, to see his Old One lighting papers. When he asked her one day what they were, she replied, 'Old love letters from a sweetheart who betrayed me long ago,' and she stuck her tongue out … J. heard the telephone blare in S.'s office outside. He rushed to the door and turned the knob but it wouldn't open. He turned it again, right and left, put his knee against it, set his shoulder to it but the door wouldn't budge; it was as stubborn and obstinate as a statutory instrument which could only be repealed by an Act that had already been repealed itself erroneously. J. had to collect and file the bleary thoughts crashing around in his head. Where the hell was the key? He had been in cloud cuckoo land all the while, sending hares hotfoot out of bushes where there was no sign of them! The door was locked from the outside, the Senior—it was always spelled with a capital 'S' and every time he spoke the word J. felt it fill his junior mouth—the Senior was gone on holidays to the Isle of Man since dinner-time and J. was locked in a room with no other exit, no window or chimney, no skylight or tunnel or ventilation shaft, a worm in a paper mausoleum, as an un-neighbourly and far from educated shopkeeper once told his Old One when they were haggling over the price of black pudding. But where was the key? He couldn't see it through the keyhole on the outside. J. didn't realise that right away. The telephone outside rang, fell si-

agus J. faoi ghlas i seomra nach raibh bealach ar bith amach as,
fuinneog, simléar, forléas, tochaltán, aerthóir, é in a chruimh i
másailéam páipéir, mar dúirt droch-chomharsa fhoghlamtha de
bhean siopa len a Shean-Cheann uair eicínt a raibh siad ag
sáraíocht le chéile faoi luach putógaí dubha. Ach cá raibh an
eochair? Ní raibh sí le feiceáil taobh amuigh sa doras thrí pholl
an ghlais. Ní fre chéile a chuimhnigh J. ar an méid sin. An
guthán a bhain amuigh, a stop agus a thosaigh ag baint aríst go
cráite in athuair, bhí chuile chnag uaidh in a thairne ag dul i
mbeo a choinsias. Bhí guthán ar a bhord féin istigh ach ní raibh
aon chead aige leas a bhaint as gan S. dhá rá leis agus ba shin
rud nár dhúirt S, ariamh. Rud eile adúirt sé. Chuir dianphearúl
air dhá mba i ndán's go mbuailfeadh guthán J. nárbh fholáir do
J. an glacadán a thógáil dhe, glaoch air féin agus J. a dhul amach
i seomra S., an doras a dhúna in a dhiaidh agus fanacht ann nó
go bhfillfeadh S. chuige. Ba é an Sinsear a níodh plé le cúrsaí
tromaí gutháin: ba shin é an nós-imeacht. B'fhéidir diabhal cos
J. a dhéanfadh an rud a rinne sé marach daol tochais dhá bhuala.
Diomú pháis Dé don tochas céanna! I gcónaí go hantráthach
dó. Bhuail sé an lá faoi dheire é agus an t-oifigeach foirne ag
teacht amach in a aghaidh. An tsúil a thug mo dhuine ar J. bhí
sí luchtaithe thar maoil le aimhreas. Le linn do J. a bheith ag
leathchéaslaíocht ar an tochas shín an leathchéasla eile uaithi
féin agus bhí an glacadán len a chluais sul ar airigh sé é: 'Mr S.'
'Níl sé anseo,' adúirt sé. 'Tá sé ar saoire.' An meacan a bhí in a
ghlór cinn ba phócar thrí gach siolla é ag spréacha suas na cainte
in aon chaor dothuigthe amháin. 'Labhair isteach sa nguthán.
Ní thuigim thú.' 'Tá Mr S. ar saoire.' 'Ar saoire! Anois a bhfuil
biseach agat? Cén uair a bheas sé ar ais?' 'Coicís ó amáireach ag
leathuair tar éis a naoi.' Dhá gcaitheadh J. meabhrán a scríobh
faoin gcomhrá bheadh air a fhágáil éidearfa ar bhean nó fear a
bhí ag cur tuairisc S. Bhí an ócáide cho haduain is gur cuireadh
de dhroim seoil é. Ba dhuine é a chua cho fada amach sa snámh

lent and rang again, tormenting him, each ring a nail driving into his brain. There was a telephone on his own desk inside, but he wasn't allowed to use it without S.'s say-so and S. had never said so. In fact, he had been quite specific about it. He had given J. strict instructions that if his telephone ever rang, he was to lift the receiver, call S. into his office, go out to S.'s office shutting the door behind him, and wait until S. returned. It was the Senior who dealt with important tasks like telephone calls: that was the procedure. J. might never have done what he did if it hadn't been for the sudden fit of itching. God damn and blast that same itch. Always at the wrong time. It came on him the other day as the staff officer was walking towards him. He looked at J. suspiciously. While J. scratched himself furiously with one hand, the other hand reached out of its own accord and had the receiver to his ear before he knew it: 'Mr S.' 'He's not here,' he said. 'He's on leave.' The tremble in his voice stirred every syllable like a poker so that his speech ignited to an unintelligible sheet of flame. 'Speak into the telephone. I can't hear you.' 'Mr S. is on leave.' 'On leave! Isn't it well for some! When will he be back?' 'A fortnight from tomorrow at half past nine.' If J. had to write a memorandum about the conversation, he couldn't have said for sure whether the caller was male or female. The incident was so strange that he was completely thrown by it, like someone who had ventured too far out to sea and was swept away by the current. Not to mention the raging itch that was keeping his hands busier than they had ever been when handling files. But he couldn't mention the itch in a memorandum. Whatever else happened, nothing out of the ordinary could happen in the Civil Service. If he had to write a memorandum or if he was questioned about the 'Isn't it well for some!' remark, what would he say he thought it meant? When he was on the telephone he

is gur baineadh é. É sin agus an bhruth thochais a bhí ag coinneáil a lámha i bhfad ní ba chruógaí ná choinnigh comhaid ariamh iad. Ach ní fhéadfadh sé trácht ar an tochas i meabhrán. Ná ní fhéadfadh ócáide a bheith thar rud ar bith aduain sa Staitsheirbhis. Dhá gcaitheadh sé meabhrán a scríobh nó dhá gccisnítí é faoin 'Anois a bhfuil biseach agat?' sin, cén mheabhair adéarfadh sé a bhain sé as? Bhí aige a rá isteach sa nguthán go raibh sé faoi ghlas. In a dhiaidh a fheictear don Éireannach dar ndóigh ... b'éigean dó breith ar chorr an bhoird le é féin a choinneáil in a sheasamh. Maistriú roth muilinn a bhí in a cheann. Rinne leis na halmóirí go doras, d'fhéach aríst é, dhearc an glas, chua ar a ghlúine gur bhreathnaigh isteach poll na heochrach aríst, mórán mar bhreathnaíodh sé in a ghasúr isteach sna croiseannaí sin a bhfeiceadh sé séipéal Chnoc Mhuire istigh iontu. Cé go raibh bonn seirbhíse míleata aige ba as an F.C.Á. é agus ní raibh sé faoi ghlas ariamh. Anois den chéad uair a d'fhéach sé le smaoiniú go staidéarach ar ghlas. Ba mhaith ab eolas dó nuair a dhéanfaí rudaí áirid go mbeadh an glas ar rud agus nuair ba rudaí eile a dhéanfaí go mbeadh sé dhe. Ach an pointe treasna, cíor na hiomaire idir abhus agus thall, d'fhan sé sin faoi cheo. D'féach sé le pictiúr d'innealra an ghlais a shamhalú ach portáin agus gliomaigh len a dteannachair chrúb-ach an t-aon phictiúr a chruthaigh é féin in a intinn. Bhuail an tochais é. Arb éard a rinne S. an glas a chur ar an doras in am dinnéir i ndiaidh dhó féin imeacht, mar ba bhéas leis tráthnóna, na laethantaí eile? Ansin chuimhnigh sé go raibh S. sa seomra amuigh tar éis dó féin fille ón a dhinnéar. Bhí a leathshliasaid agus leataobh a bhoilg scríobtha aníos aige. Ní raibh S. go hoifigiúil ar saoire go dtí an cúig, cé go raibh de phribhléad aige imeacht an lá sin ag an dó. Saoire phribhléide a thugtaí ar a leithéid sin. Dhá nuta coise J. nár éirigh leis an F.C.Á. an bhasaíl a bhaint go hiomlán astu—nuair a bhíodh an darna ceann dírithe bhíodh an bhasaíl ar ais sa gceann eile agus a mhalairt—

should have said that he was locked in. Of course, when the
horse has bolted ... he had to catch hold of the edge of the desk
to keep himself upright. His mind was churning like a mill-
wheel. He made his way along the cabinets to the door, tried it
again, examined the lock, went down on his knees to examine
the keyhole, like he used to do as a child, looking at those cross-
es that had the church at Knock inside them. Although he did
have a military service medal, it was from the FCA and he had
never been locked up before. Now, for the first time, he began to
think seriously about locks. He knew very well that when you
did one thing it locked, and that when you did something else it
unlocked. But the crux, the very heart of the matter, at the end
of it all, eluded him. He tried to visualise the inside of the lock
but all he could see were lobsters and crabs and claws. He felt
itchy again. Had S. locked the door at dinner-time after J. left,
as he did in the evening every other day? Then he remembered
that S. had been in the outer office after he himself had returned
from his dinner. One thigh and the side of his belly were well
scratched by now. Officially, S. was not on leave until five, al-
though he had special permission to leave that day at two. That
was referred to as privilege leave. J.'s stumpy legs, flat feet the
FCA had been unable to cure—as soon as one was straightened,
the other was as crooked as before—jerked up from the floor,
without touching each other. S. was not officially on leave yet,
he was on privilege leave and J. had just said officially on an offi-
cial telephone that he was on leave. What he had been instruct-
ed to say in such cases was that he had stepped out of his office
for a moment to take a file to another office of the Department
and if the gentleman / lady wanted to leave his / her number ...
But J. had said that S. was on leave, thanks be to God he hadn't
said 'in the Isle of Man' or he would have made shite of every-

gheiteadar de chothram talúna gan a theacht salach ar a chéile.
Ní ar saoire a bhí S. fós ach ar shaoire phribhléide agus bhí J. tar
éis a rá, isteach go hoifigiúil i nguthán oifigiúil, gurbh ar saoire a
bhí sé. Séard a bhí múinte dhó a rá i gcás den tsórt sin go raibh
sé gaibhte in áit eicínt ar fud na Roinne le comhad agus dá
mb'áil leis an duine uasal / an bhean uasal, a uimhir / huimhir a
fhágáil ... Agus ba éard adúirt J. go raibh S. ar saoire, altú do
Dhia nár chac sé ar na huibeachaí ar fad le rá 'i Manainn' freisin.
Bhí J. síos go log na bléine aríst ar bhord na sceathraí leis an
scríoba ... Cinnte bhí S. sa seomra, seomra S. féin, agus J. ag
teacht isteach ón a dhinnéar. Thosaigh sé ag tabhairt an tslabhra
dian-fhuinte pearúl a chuir S. air chun cruinnis: a bheith istigh
in am, an t-am ceart a chur síos sa leabhar, an guthán a fhreagairt,
dáta na nglaonnaí agus uimhir an lucht glaoite a scríobh ar
leabharán a bhí ag S. faoin a chomhair sin le hais an ghutháin;
gan a bheith dhá thochas féin ná ag taithiú faisean tuatach ar
bith mar sin faitíos a bhfeicfí é, ach dhá mba i ndán's go bhfeicfí,
gurb éard adéarfaí gurbh shin é nós an tsóisir agus an Sinsear as
láthair; airdeall faoi chipíní solais, comhaid, leitreachaí, an
deifríocht a bhí idir leitir phearsanta agus ceann oifigiúil; ar
chraiceann a chluas gan aon cheist a chuirfeadh an bhean
ghlantacháin air a fhreagairt; solas a 1 agus a 2 a mhúcha agus é
sa gceann ab fhaide uaidh den tseomra amuigh; treor-achaí—
focal S.—faoi mheabhrán sa gcás éadócha a gcuirfí fios ar
cheann agus é féin as láthair. Níl focal nár dhúirt sé i ndiaidh S.
Facthas dá intinn go geamchaoch go mba é an chuid den teagasc
Críostaí é a bhuailfeadh an séala spriodáilte ar a anam nach
scarfadh leis go brách: Cé a chruthaigh an Stáitsheirbhís? Dia.
Céard a chruthaíos an Stáitsheirbhís? Stáitsheirbhísigh. Céard
é thusa? Stáitsheirbhíseach. Cén fáth ar cruthaíodh thusa? Le
bheith sa seomra seo. Cén fáth a bhfuil an scomra seo ann? Le
haghaidh páipéir. Cén fáth a bhfuil páipéar, meabhráin, ann? Le
haghaidh na Stáitsheirbhíse. Cén fáth a bhfuil an Stáitsheirbhís

thing. The scratching had now reached the hollow of his groin, on the lee side . . . Of course, S. had been in his own office when J. came back from lunch. He went over S.'s detailed instructions in his mind: to be on time, to note the correct time in the book, to answer the telephone, to note the date and time of the call as well as the number of the caller in a little book S. had for that purpose next to the telephone; not to scratch himself or cultivate any other coarse habits in case he might be seen; if he was seen, it would be said that that was what the junior did when the Senior was absent; to watch out for matches, files, letters, the difference between a private and an official letter; and, for the love of God, never to answer any question the cleaning lady might ask; to turn off lights 1 and 2 when he was at the farthest end of the office outside; instructions—S.'s word—concerning memoranda, in the unlikely event that one might be requested when he himself was absent. He repeated every single word as S. had delivered it. He felt vaguely that this was the part of the religious instruction that would stamp its spiritual seal on his soul forever: Who made the Civil Service? God. What does the Civil Service make? Civil Servants. What are you? A Civil Servant. Why were you created? To be in this office. What is the purpose of this office? To serve paper. What is the purpose of paper, and memoranda? To serve the Civil Service. What is the purpose of the Civil Service? To serve the State. What is the purpose of the State? To serve the Civil Service . . . Suddenly he pricked up his ears, but that tiny bubble of memory vanished like an eel under a rock. There was something else, if only he could remember it. He couldn't quite put his finger on it . . . Hang on! S.'s final words had been to the effect that if the clerical officer, that Cú Chulainn who stood guard over the Department in the outermost office, if he got as much as a hint of alcohol—even if he

ann? Le haghaidh an Státa. Cén fáth a bhfuil an Státa ann? Le
haghaidh na Stáitsheirbhíse … Go tobann ghoin a aire é, ach
d'imigh an tsúilín thobann chuimhne sin mar d'imeodh eascann
faoi chloch. Bhí rud eicínt eile ann dhá bhféadadh sé é a aimsiú.
Súil ribe a intinne a bheith romhór … Sea, ba é focal scoir S.
dhá bhfaigheadh an t-oifigeach cléireachais, an Chú
Chulainneach sin a bhí ag gardáil na Roinne sa seomra ab fhaide
amach, bala óil ar J.—bíodh sé air nó ná bíodh dhá síleadh sé
go raibh—go bhfaigheadh J. bóthar fada fánach ar an toirt,
agus a raibh de charaideachaí aige sa limistéar uilig a raibh
feidhm ag an mBunreacht ann, ní thiúrfadh J. ar ais. Bhí tugtha
faoi ndeara ag J. go raibh polláirí an oifigigh chléireachais buille
beag earráideach mar ghléas taifeada. Ní raibh J. ach cupla lá
istigh nuair adúirt an t-oifigeach leis go raibh sé ar snámh i
bhfarraige atar-rósach agus shín sé a mhéir i leith a chuid gru-
aige. Mhínigh an bhean ghlantacháin do J. céard é atar róis.
Brilliantine a bhí i ngruaig J. Maidin i ndiaidh an leabhar a
shíniú do J. sméid an t-oifigeach in a dhiaidh agus a ordóg agus
a chorrmhéir glambáilte ar a pholláirí aige: 'Tá an sceith-phíopa
sin líofa.' Bhí J. ceanna nóiméad in a sheomra féin sul ar thuig
sé an chaint agus go raibh míthuiscint ar pholláirí an oifigigh i
dtaobh bhun na gaoithe: as crioslaigh S., a bhí ar an taobh thall
den oifigeach, a tháinig sí. Ach níl 'foráil,' 'achomharc'—focla
S.—i dtaobh polláirí earráideach oifigigh sa Stáitsheirbhís. Ní
raibh polláirí a Shean-Cheann cho hearráideach le polláirí na
Stáitsheirbhíse. Ba mhinic a d'ith J: milseáin ag dul isteach
chuici … Thrácht S. ar pháí J. D'inis dhó cén chaoi a
bhfaigheadh sé í. Dhá dtéadh J. abhaile go dtín a Shean-Cheann
dhá huireasa ba é speire a corróige faoi dheire agus faoi dhó é
agus thiúrfadh sí aghaidh na sráide air, rud nár fheil do
stáitsheirbhíseach … Ach céard é seo eile adúirt S.? Ba rud
eicínt é a bhain le dhul amach as an seomra. Le dhul amach as
an seomra seo go dtí an leithreas: dhá mbeadh an t-oifigeach

only imagined it — from J.'s breath, that J. would be sacked on the spot and all the friends J. had in the entire jurisdiction wouldn't be able to bring him back. J. had noticed that the clerical officer's nostrils weren't the most reliable when it came to such detective work. He had only been there a few days when the officer remarked to him that he was surrounded by a haze of rose attar and pointed to J.'s hair. The cleaning lady explained to J. what rose attar was. J. wore Brilliantine in his hair. One morning, after J. had signed the book, the officer, thumb and index finger clamped tightly across his nose, pointed after him and said: 'That exhaust pipe is working overtime.' J. was a few minutes in his own office before he realised what had been said and that the officer's nostrils were mistaken as to the source of the smell; S. was the culprit, on the other side of the officer. But there is no 'provision', no 'appeal' — S.'s words — possible with regard to an officer's faulty nostrils in the Civil Service. His Old One's nostrils were more reliable. J. would often be sucking a bullseye when he went in home to her … S. spoke of J.'s pay. How to make sure he got it. If J. went home to his Old One without it, it would mean the end of her hip for once and for all and she'd throw him out on the street, which was unseemly for a Civil Servant … What else had S. told him? Something about leaving the office. Leaving the office to use the toilet: if the clerical officer was there before him, to beg his pardon and leave, and not go back until the officer was finished. And not to have his exhaust pipe working overtime in the toilet any more than anywhere else, in case it made the officer turn around. Not to go to the toilet more than twice a day, once in the morning and again in the afternoon. And if he got the runs … Yes, indeed, if he should get the runs … But it was unlikely that that question would arise, as S. was wont to say, in the near future at any rate.

cléireachais istigh roimhe ann a leiscéal a ghabháil agus a theacht amach nó go mbeadh an t-oifigeach réidh. Gan a sceithphíopa a bheith líofa sa leithreas ach oiread le áit ar bith eile faitíos go gcasfaí an t-oifigeach thart. Gan a dhul don leithreas ach faoi dhó sa ló, ar maidin agus tráthnóna. I gcás buinní ... Sea go díreach i gcás buinní ... Ach ní cosúil go n-éireodh an cheist sin, mar deireadh S., go ceann tamaill ar aon nós. Droch-chríoch air bhí rud eicínt eile, rud eicínt eile anois ... Agus tháinig sé dhó ionann's dhá mba ardú páí nó céime a thairgfí dhó. An eochair! Tharraing sé amach tairneán an bhoird. Bhí sí ann, 'coimhthíoch álainn in a dealbh ban-dé,' mar chuala sé an t-oifigeach cléireachais ag rá le S. lá faoi rud eicínt agus é féin J. ag dul thart ar a aonchuairt thráthnóna ag an leithreas. Fhobair dearmad a bheith déanta aige ar thaisce na heochrach leis an líon de shreang fhrídíneach fainiceachaí a bhí curtha ag S. in a thimpeall, fainiceachaí nach raibh in a bhformhór ach deilgne maol. Ní raibh sé ceart ná cuíúil aige é sin a rá leis féin: bhí gach rud sa Státsheirbhís tábhachtach. Bhí cárta Béarla crochta suas ag S. in a sheomra féin ar thaobh amuigh dhoras J., i riocht is nach bhféadfadh súil J. fiara uaidh choíchin ar a bhealach isteach: 'Is iad na mionrudaí a níos an fhoirfcacht ach ní haon mhionrud í an fhoirfeacht.' Bhí J. i riocht a ráite droim ar ais. Ba mhinic adúirt. Ach bhí a thuiscint in a súil ribe cho fairsing is go n-éalaíodh sé thríthi. Agus d'fhága S. an eochair sa tairneán. Dúirt sé go bhfágfadh. Chaithfeadh sé go raibh eochair eile, nó múnla, ag S., rá's go raibh an glas ar an doras. Chuala J. ag rá cheana é gur de phribhléid an tSinsir é sin. Dhearc J. an eochair ní ba ghrinne. Lorga chaol, an-chaol do bhall acra cho cumasach, ball acra a raibh an oiread sin in a tuilleamaí. D'ardaigh sé go mall í nó go raibh sí ag teangmhachtáil len a éadan. A thúisce is a theangmhaigh chuir an chruach driog thríd. Chuimhnigh sé ar scéal a chuala sé ag duine muintreach tuaithe leis faoi phóg bháis leannán sí. Ach bhí sí aige, in a ghlaic. Anonn go muinín-

May he come to a bad end, there was something else, one more item on the list … And it came to him like a pay rise or a promotion. The key! He opened the desk drawer. There it was, 'a beautiful mysterious goddess', as he had overheard the clerical officer say to S. one day about something or other on J.'s solitary afternoon trip to the toilet. He was so shaken by S.'s barbed warnings — most of them blunt — that he had almost forgotten where the key was kept. He shouldn't have said that about S.'s warnings, not even to himself: everything in the Civil Service was important. S. had hung a notice in English in his office, on the door leading to J.'s office, where J. couldn't avoid seeing it every time he entered: 'Perfection comes from small things, but perfection is no small thing.' J. was able to say it backwards, and many's the time he had. But his thoughts were so scattered that the sense of these things always escaped him. S. had left the key in the drawer, like he said he would. He must have another key, or a copy, because the door was locked. J. had heard him say before that that was the Senior's privilege. J. examined the key closely. The shaft was slender, very slender for such a powerful instrument on which so much depended. He lifted it up slowly and pressed it against his face. As soon as the steel touched his skin he shivered, remembering a story he'd heard from a relative of his from the country about the fairy lover's death-kiss. But he had the key in his hand. He strode confidently towards the door and inserted it. The lock was stiff. J. had never seen anyone oiling it. Who was responsible for oiling it? J. had never heard of such a 'provision'. He tried to turn it gently. It wouldn't turn. He took it out again. It went in easier than it came out. Was the lock broken? It was an awkward sort of a lock. You'd think there'd be some provision for oiling it. It wasn't broken. The key slid in again easily and nestled snugly inside. Please God, every-

each gur chuir i bpoll an ghlais í. Bhí an glas docht. Ní fhaca J. aon ola ag dul ariamh air. Cé dhar chúram ola a chur air? Níor chuala J. ariamh faoi 'fhoráil.' D'fhéach len a casa go tláth. Ní chasfadh. Thug amach. Níor tháinig amach cho héasca is a chua isteach. An raibh ainleog sa nglas? B'áras ciréibeach de ghlas é. Shílfeá go mbeadh foráil faoi ola a chur air. Ní raibh aon ainleog ann. Chua sí isteach go réidh in athuair agus thuill sí go pointeáilte istigh. Le cúnamh Dé thiocfadh chuile shórt ceart. D'aclódh an glas. Bhí sí casta go dtí pointe an 2 a chlog—an tráth a ndeacha S. ar saoire—saoire phribhléide, dar ndóigh. Chuir sé tuille teanna léi. Feanc ní dhéanfadh sí siar thar an dó. Shílfeá gur le dílseacht do S. a bhí sí ag déanamh staince ag an bpointe sin. Bhí buille beag mífhoighide ag buala J., nó gur chuimhnigh sé gur chuala sé an t-oifigeach riaracháin an lá a raibh J. leis an gcomhad go dtí é ag rá le fear eile: 'Foighid, a dhuine sin! Beart gan leigheas is foighid is fearr air. Mar sin is foighid uilig atá riachtanach anseo mar bearta gan leigheas ar fad atá sa Stáitsheirbhís.' B'fhearr í a bhréaga. Lig J. ar ais go dtí pointe an cúig í. Tharraing amach aríst í agus d'fhéach len a ladhairicín a chur isteach sa bpoll. Ba ghearr a ghabhfadh sí. Chuir sé isteach an peann luaí a bhíodh aige ag cur marc-smeachannaí ar uimhreachaí na gcomhad agus shaghad síos suas isteach agus amach é. Ba bhoige an peann luaí ná a shíl sé; sin nó chuir sé an iomarca anró air, mar rinne sé dhá leith agus d'fhan an stumpa bairr istigh. Níorbh é leathchóir Dé é. Leas a bhaint le haghaidh rud ar bith eile as peann luaí a bhí ann go speisialta le marc-smeachannaí a dhéanamh ar uimhreachaí comhad. Dha mhéad a d'fhéach sé leis an stumpa a mhealla amach b'amhala ba mhó a bhí sé ag daingniú isteach, ag éalú uaidh sa réigiún aineoil, mar bheadh eiteallán S. go Manainn faoi seo. Chuir sé barr na heochrach isteach len a réiteach. In aghaidh a tolach a bhí sí ag dul isteach anois. Corróg scoilteachaí a Shean-Cheann a mheabhraigh an t-iomlán dó. Chaithfeadh sé

thing would soon be all right. The lock would turn. He turned it to two o'clock—the time S. had gone on leave—privilege leave, of course. He applied some more pressure. The key wouldn't budge past two o'clock, as if sticking there like that was an act of loyalty to S. J. was getting a bit impatient until he remembered hearing the administrative officer say to another man on the day when J. was bringing him the file: 'Patience, man! For something that can't be helped, patience is best. Therefore, patience is essential here because the entire Civil Service is full of things that can't be helped.' He'd be better off trying to coax the key. He brought it back to five o'clock. He pulled it out and tried to put his little finger in the keyhole. It wouldn't go in very far. He inserted the pencil he used for ticking the numbers on the files and rattled it up, down, in and out. The pencil wasn't as strong as he thought; either that or he forced it too hard, because it snapped, and the stump stayed inside the keyhole. Sacrilege. Using a pencil for a purpose other than that for which it was specifically intended: ticking numbers on files. The more he tried to winkle the pencil stump out, the further he pushed it in, beyond his reach, into parts unknown, like S.'s aeroplane which would be on its way to the Isle of Man by now. He tried using the head of the key. It went in reluctantly. The whole thing reminded him of his Old One's rheumatic hip. A bone must be off-kilter in her hip too. The two things were very alike: the hip was a large, locked, lumpy, bony, joint, creaking and groaning in his Old One. The key to women was their hips; he had heard that during those days when he used to sit beside women in pubs. He wouldn't allow himself to remember who had actually said it. He felt a hot itch right in the small of his back, where he couldn't reach except by rubbing against something. He jumped up from the floor and hit against the key so violently that it went in un-

gur cnáimh eicínt a bhí in a fhearsaid go bambairneach sa gcorróg freisin. Ba gheall le chéile an dá rud: alt mór glasta, cnapán-chnámhach, a bhí sa gcorróg freisin agus í ag brioscarnaíl agus ag brúscarnaíl ag a Shean-Cheann. Ba é úll na corróige an eochair chun na mná mar chuala sé an tráth úd ar bhéas leis suí le hais ban i dtithe ósta. Ní fhéadfadh sé cead a thabhairt dó féin cuimhniú cé aige ar chuala sé é sin. Bhuail bruitíneach thochais é isteach i lag a dhroma áit nach raibh aon teacht air ach a dhroim a chuimilt de rud eicínt. Gheit sé de chothram talúna agus chuir sin tuairt foréigin cho mór sin ar an eochair go ndeacha sí glan eascartha faoin stumpa agus timpeall. Pléasc! Tháinig lorg na heochrach leis in a láimh agus d'fhan a mullach uilig istigh ag muirniú an phinn chúinneáilte! Ní raibh sa lorga sin ach giota cruaí gan éifeacht, corp le haghaidh an bhall draíocht, mullach na heochrach, a hanam, a bhí istigh i ngéibheann i bpoll an ghlais. Bhí sé i ndiaidh pearsa eochrach a mharú, i ndiaidh eochair, eochair pháipéar Stáitsheirbhíse, a dhúnmharú. Ba chóir, adúirt a bhean agus S. agus an ceann sin i lána an tí ósta—mullach an diabhail di sin ar chuma ar bith!—gur chodamán místuama é. Ach níor mhístuama ariamh é go dtí anois. Bhris sé stumpa eile den stumpa. Bhris sé gob shiosúr an pháipéir, rud nár dhlisteanach dó a chur ann dá mbeadh breith ar a leas aige faoi seo. Ach bhí a leas éalaithe i gceo a intinne ar nós an eitealláin. Marach go raibh ní falamhú amach lastas comhaid a dhéanfadh sé féachaint a ngabhfadh gob chlúdach an chomhaid sa bpoll, má b'fhéidir poll a thabhairt ní b'fhaide ar pholl a bhí stuáilte go drad. Thit páipéir an chomhaid uaidh soir siar ina n-iothlainn scaipthe béal in airde, in a ndéasachaí neamhshnamhtha, agus dá bharr sin neamhghaolmhar neamhchleamhnach, macasamhail a chuid smaointe ar an ala sin. D'éirigh sé as a shaothar ar thabhairt faoi ndeara dhó go raibh gob an chomhaid lúbtha. Ba shin lúba a mheabhraigh dó an tsolúbthacht ba dheilín síoraí ag an oifigeach cléireachais agus

der the pencil stump and around it. Bang! The shaft fell away in his hand and the entire head remained inside, cuddled up with the trapped pencil stub. The shaft was a useless piece of steel, a mere corporeal vessel for the magical part, the head of the key, the soul, that remained imprisoned in the keyhole. He had just killed a key, a living thing, murdered it, a Civil Service paper-key. He was a clumsy fool, as his wife, and S. and the woman in the alley behind the pub had said, to hell with her anyway! But he had never been this clumsy before. He broke another piece off the pencil stump. He broke the tip of the paper scissors, something he should never have used anyway if he was in his right mind. But his right mind was away in the clouds, like the aeroplane. Otherwise, he wouldn't be emptying the contents of a file to see if the tag of the file cover could fit into the hole, if it could be called a hole anymore, it was so stuffed. Papers tumbled from the file, scattering every which way like a messy topsy turvy haggart, like unbound sheaves of corn, unhelpful and disobliging, just like his thoughts at the moment. He stopped when he noticed that the tag of the file was bent. It reminded him of the flexibility the clerical officer kept going on about and which, he claimed, was the holy grace of the civil servant. But just before he gave up completely, the corner of the file broke off and remained in the choked keyhole. The word 'sack' was a constant drone in the Senior's mouth when discussing the future of junior paperkeepers. He could hardly mention the word 'junior' without 'sack' trotting along like a foal on a tether after it … He spent an hour rearranging the papers in the dog-eared file. You'd think they had got mixed up just to annoy him. The dog-ear would hardly be noticed in the middle of this bundle of files. Even if it was, he could always blame the fights or civil wars that took place amongst the files. Even if S. himself noticed it, he

a mhaígh sé in a ghrásta naofa stáitsheirbhísigh. Ach sul má bhí sé éirithe as a shaothar go baileach bhris an gob lúbtha den chomhad agus d'fhan sa bpoll luchtaithe. Ba sheamsán é an focal sin 'brise' ag an Sinsear agus é ag plé chinniúint pháipéar-choinneálaithe sóisir. Ar éigin a theagadh an focal 'sóisear' as a bhéal gan a shearrach 'brise' a bheith ag teacht ar adhastar aige ... Chaith sé uair an chloig ag socrú na bpáipéar ar ais sa gcomhad cluaisbhearnaithe. Shílfeá gur le olc air a bhíodar ag dul in aimhréidh. Ní móide san áit a mbeadh cluaisbhearnach seo, istigh i lár cual comhad, go mbraithfí an éalann go brách. Dhá mbraití féin ba leiscéal maith a rá gur dhóigh gur bruín nó cath a bhí i measc na gcomhad. Má ba é S. féin é ní bhfaigheadh ann féin bruíonta den tsórt sin a shéana. An donán ó ba é J. é, agus donán a thug sé air féin, d'ith sé de chrann na hAithne aríst. Thosaigh sé ag scrúdú an chomhaid. Iarratais ar phinsin mhíleata a bhí ann agus bhí siad ann idir chuid ó ghunnadóirí Rialtais. A Chara agus gunnadóirí Rialtais A Dheaide. Bhí leis! 'An tseanghunnadóireacht aríst is cosúil,' adéarfadh sé. 'Ag scealpa na gcluasa dhá chéile fós.' Ba ar éigin a d'fhéadfadh S. féin aon locht a fháil air sin. Go cinnte ní bhfaigheadh an t-oifigeach cléireachais. Chuimhnigh sé an comhad a thaispeáint don oifigeach agus a rá 'sceithphíopa na gcogaí cathartha ...' Bhí an t-oifigeach cléireachais dúlaí sa ngreann, i gcaint a bhain-feadh gáire amach, i gcaint a d'fhéadfadh sé a aithris don oifig-each foirne agus don cheann fionn b'fhéidir. Bhí cois J. ar tí snámh uaidh i réamhghluaiseacht damhsa, an tráth díreach ar shioc an ghuthánaíocht thobann thuineanta sa seomra amuigh snámh sin na coise. Meabhrán a theastaigh b'fhéidir. Ba dhiabhalaí nach raibh an t-oifigeach cléireachais dhá chloisteáil! Ach ar fud na rannóige agus fiú rannógaí eile a chaitheadh sé sin leath a shaoil. Rug ar ghlacadán a ghutháin féin. Bhí sé leagtha síos aríst aige mar leagfadh sé ball éadaigh a bhí ar othar plá agus a thóig sé de dhearmad: ansin thionól a smaointe i gcomhairle

couldn't deny that such things happened. J. was a wretched crea-
ture—he told himself as much—tasting again the forbidden
fruit. He looked at the file. Applications for army pensions, from
riflemen on the side of His Friend's Government and riflemen
on the side of His Father's Government. Perfect! 'Looks like the
gunmen are at it again,' he'd say. 'Skelping each other's ears
again.' Even S. would have difficulty contradicting that. And it
would be harder again for the clerical officer. He considered
showing the file to the officer and saying 'the exhaust pipes of
the civil war . . .' The clerical officer liked a joke, funny stories,
that he could repeat to the staff officer and to the blonde one. J.'s
leg was inching away, itching to start dancing, when it was
stopped in its tracks by the sudden insistent ringing of the tele-
phone in the office outside. Maybe a memorandum was needed?
Strange the clerical officer couldn't hear it. But he spent most of
his time wandering around the section and even into other sec-
tions. J. picked up the receiver of his own telephone, but drop-
ped it again as quickly as if he had accidentally picked up the
clothes of a plague victim; then he marshalled his thoughts.
Hadn't he answered the telephone before? Why else was it in his
office if not to be used? He couldn't believe a system such as the
Civil Service would leave useless articles in offices. And if there
was such a thing in this office, would the same not apply to oth-
er offices, all the thousands, the hundreds of thousands of offices
in the Civil Service. The only offices J. could imagine now were
Civil Service offices, where Civil Servants worked during the day
and slept, exhausted, at night, stretched out beside frail, protest-
ing hip bones. Certainly, long ago, there was a third kind of of-
fice, but he couldn't let himself . . . The telephone outside was
shrill. J. lifted up his own receiver but all he could hear was a
noise like the rumbling of his Old One's stomach, an omen of

choga. Nach raibh sé ag caint ann cheana? Cé le haghaidh a raibh sé in a sheomra ach le leas a bhaint as? Ní chreidfeadh sé go gcuirfeadh ná go bhfágfadh córas ar nós na Stáitsheirbhíse acraí gan fóint i seomraí. Má bhí a leithéid d'acra neamh-fhóinteach sa seomra nár dhóigh a mhacasamhail a bheith i ngach seomra eile, i ngach seomra de mhílte, de chéadta mílte seomra na Stáitsheirbhíse? Níor shamhalaigh J. seomraí anois ach in a seomraí Stáitsheirbhíse, cineál a n-oibreodh stáitsheirbhísigh iontu sa ló agus cineál a gcollódh stáit-sheirbhísigh tuirseach iontu san oíche sínte suas le briosc-chorrógaí éagaointeach. Cinnte fadó bhíodh an tríú cineál ann, ach chaithfeadh sé gan ligean dó féin . . . Bhí an guthán amuigh ag gleára go scrúdach. Thóg J. a ghlacadán féin ach ní raibh le cloisteáil ach glogar mar theagadh sna putógaí ag a Shean-Cheann, tuar éagaoine corróige. Ansin thosaigh sé ag aithris go faiteach ar an Sinsear: 'Hallo! Hallo! Páipéar-choinneálaí anseo. Páipéar-choinneálaí sóisir anseo.' Shíl sé gur chuala sé hallo dhá fhreagairt amach as cúinne almóra—cluaisbhearnach deile—agus leag uaidh an glacadán de gheit. Bhreathnaigh ach ní raibh san almóir ach comhaid. Pér bith céard eile ar lonnaigh a shúil air i gcomhaid ní fhaca sé hallo i mealla ná i ndearmad . . . Bhí an guthán amuigh in a thost. Thug sin ar oilithreacht an tseomra é len a scrúdú ní ba mhine ná a rinne sé i gcaitheamh an tsaoil cheana. Roimhe seo lonnaíodh a shúile agus dhíríodh iad ar rudaí nach bhfeiceadh sé. Anois chuir roimhe féin rudaí a fheiceáil agus d'eagraigh sé an rún in a leagan daingean súl. Balla, balla teangmháilte a bhí i ngach áit, balla a bhí cho heagraithe in a bhalla len a leagan súl féin. Ní raibh de bhealach as ach an doras glasáilte. Chuimhnigh sé ar dhuine eile, J. eile freisin—ó bhéal an tsagairt ar an altóir a chuala sé é—a bheith glasáilte i mbroinn mhíl mhóir. Ach de dheonrú Dé tugadh as é, slán. De dheonú Dé. Ach bhí deonú na Stáitsheirbhíse freisin ann. Ba léir go mba é an glas seo aoneochair a chruacháis. Ní

protesting hips. Then he timidly imitated the Senior. 'Hallo! Hallo! A paperkeeper speaking. A junior paperkeeper.' He thought he heard an answering Hallo from the corner of the cabinet—the dog-eared file, of course. He was so startled, he dropped the receiver. He looked in the cabinet, but all he could see were files. No matter where he looked, among the files, he saw neither sight nor light of any Hallo ... The telephone outside was silent. He made a circuit around the office to examine it more closely than he had ever done before. Up till now he had trained his eyes to look without seeing. Now he made up his mind to see. Walls, strong sturdy walls, as sure of themselves as his own direct gaze. There was only one way out: through the locked door. He had heard of someone else, another J.,—the priest had spoken of it from the altar—who had been trapped inside the belly of a whale. But, because it was God's will, he survived. God's will. But there was also the Civil Service's will. It was obvious that this lock was the one key to his salvation. The only way out, whatever about the Civil Service's will, was to dislodge the lock in one go; as easy as a hussy might slip her hand into your trouser pocket. Just to get out of this prison. Once he was out, he could find some way to solve the problem. He got down on his knees again and inspected the keyhole. A blocked hole, stuffed with his own sins, blocking the light of God. He pressed as hard as he could at the inner face of the lock, trying to push, twist, bend, wrench, pull, anything that would make it budge. But it stayed there, a huge tick with strong claws clutching the skin of the door. Was that what reminded him of the tick he had picked up one night in the pub? Maybe it wasn't in the pub at all? Bad cess to it but he had picked up a tick and it had made a meal of his blood for a long time after. The itch had never quite gone away. That was typical. Everything dumped on the

raibh de leigheas air, deonú na Stáitsheirbhíse ná eile, ach an glas a dhíláthairiú de ghníomh cho dearbh iomlán le gníomh ceann a chuirfeadh a láimh gan frapa gan taca i bpóca do bhríste. A dhul as géibheann. Ansin gheobhadh sé leigheas cicínt ar an scéal. Chua sé ar a dhá ghlúin aríst agus dhearc poll an ghlais. Poll dall, stuáilte len a chuid seanpheacaí fre chéile, ag baca an léas solais sin air amach ar Dhia. Chuir neart a dhá láimh in aghaidh éadan istigh an ghlais, ag iarra é a bhrú, a shníomh, a fheaca, a chlaona, a tharraingt, rud ar bith a chuirfeadh é as an áit a raibh sé. Ach d'fhan sé ansin mar sceartán mór daingean-chrágach ar chneas an dorais. Arbh shin é a mheabhraigh dhó an sceartán a thóig sé féin oíche i dteach ósta, nó arbh i dteach ósta a thóig sé chor ar bith é? Diomú Dé dhó thóig sé an sceartán agus b'fhada a bhí sé i bhflea ar a chuid fola. Níor éirigh leis ariamh an tochas a chur baileach as a chrioslaigh. Ba shin é an chaoi. Chuile rud i mullach an duine bhoicht. Breá nach oifigeach riaracháin nó rúnaí roinne, nó Aire féin a thóigfeadh páin de sceartán. Ach níor cheart dó cead a thabhairt dó féin ... Ach breá nár chuimhnigh sé cheana air? Deireadh a Shean-Cheann leis nár chuimhnigh sé, nó nach raibh d'acmhainn ann, a bhríste a bhaint dhe oíche a bpósta agus gur maistín mór dá chnaipí tuatach a chua báite in a corróg an chiontsiocair a bhí ag a cuid scoilteachaí ... Cnaga. Sea. Cnaga ... Go lách caoin ar dtús. B'fhéidir go gcloisfeadh an t-oifigeach cléireachais sa seomra i bhfad amach é. Neartaigh sé ar na buillí ar an doras. Chuir tíolacan ciceála leo. Ach bhí na doirse agus na seomraí sin cho bodhar le achainí a chlárófaí ar na Comhaid Dhearmadtha. Má bhí sé ann chor ar bith? Ar shaoire phribhléide, b'fhéidir. Ba é biadán na rannóige go dtugadh sé ceachtannaí clóscríbhneoireacht chuile thráthnóna don chlóscríbhneoir, an cailín fionn, ar an darna háiléar. Is minic a chonaic J. an bheirt amach in éindigh ag a cúig. Slán an tsamhail, ba é an mullach céanna gruaige a bhí uirthi agus an *melodeon* céanna de thóin is

fellow at the bottom of the heap. How come no administrative officer or departmental secretary or even a Minister ever picked up a big fat tick. But he shouldn't think like that ... How had he not thought of it earlier? His Old One used to say that it never occurred to him, or that he wasn't able, to take off his trousers on his wedding night, and a big lump of a button sticking out and boring into her hip was what had started her rheumatism ... He could try knocking. Yes. He'd knock ... Quietly, politely, at first. Maybe the clerical officer in the outer office might hear him. His knocks grew louder. Then he started kicking the door. But the doors and the offices were as deaf as an appeal in the Forgotten Files. What if the clerical officer wasn't there at all? Maybe he was away on privilege leave? Office gossip had it that he gave typing classes in the evening to the blonde girl on the second floor. J. had often seen them leaving together at five. God bless the mark, she had the same hair and melodeon-arse as the one that had put her hand in J.'s trouser pocket. In spite of himself, J.'s thoughts began to get the better of him. By God, that blonde one on the second floor wasn't as young as you might think. Her face was a suit that had often been sent to the cleaners. She had that same trick: the hand fondling your thigh, probably before sliding down gently into your pocket. Damn the women anyway! It was around that time that J. had picked up the tick. The officer was on a privilege. As strong as the door was, J. thought he was stronger, and could probably break it down. The same broken key whose head was stuck in this door would unlock the Boss's door outside, which wasn't usually locked except at night. Still, it had been one of those days. If the clerical officer wasn't in and the doors outside all locked, there would be a whole row of doors—strong doors—to break down before he was free. How many? Were they all locked? He didn't

a bhí ar an gceann a chuir a láimh i bpóca bríste J. Dhá bhuíochas críochnaithe b'éigean do J. cead a thabhairt dó féin cuimhniú. Dar diagaí ní raibh an ceann fionn sin ar an darna háiléar cho hóg is cheapfá ar an gcéad iarra. Ba chulaith é a héadan a chua go minic ag na glantóirí. Bhí an seanchleas céanna údan aici, an muirniú láimhe ar do shliasaid arbh iarmhairt dó, is dóigh, an láimh a shleamhnú go lách réidh síos sa bpóca. Léanscrios orthu mar mhná! Ba taca an tráth sin dá shaol a thóig J. an sceartán. Bhí an t-oifigeach ar phribhléid eicínt. Facthas do J. dhá dhaingne dhá raibh an doras go raibh de spreaca ann féin é a bhrise. Ba í an eochair chéanna a raibh a mullach briste sa doras seo a bhainfeadh an glas de dhoras amuigh an Bhas, nárbh iondúil don ghlas a bheith air ach san oíche. Ba lá corr é mar sin féin. Má tá i ndán's nach raibh an t-oifigeach cléireachais istigh agus na doirse amach uilig faoi ghlas bheadh muirín fhada doirse—muirín nár lag—le brise má ba leis a theacht as géibheann. Cé mhéad? An raibh siad uilig faoi ghlas? Níorbh fheasach dó. Ba rúndiamhar cho mór dó doirse na Stáitsheirbhíse len a gcuid páipéar. Bhí daoine, is cosúil, a raibh sé de phribhléid acu a nglasáil agus a n-oscailt agus daoine eile nach raibh. Chaithfeadh sé go raibh forála agus nós-imeacht, fiú Tionacal, ann. Nach beag an lua a bheadh ag an oifigeach cléireachais smaoiniú air féin, sul ar imigh sé. Nó b'fhéidir nár chuimhnigh sé nach raibh S. in a sheomra féin i gcónaí. Mar sin féin níor chóir go smaoineodh J. ar a dhul ag réaba doirse na Stáitsheirbhíse, ach oiread is réabfadh sé a gcuid páipéar. Cén iarmhairt a bheadh ar pháipéar singil amháin a réaba ó chéile? Ní dóigh go raibh ainghníomh mar sin inchúit-ithe. B'ionann é—marar mheasa é—is duine beo a dhíthiú. Córas dúinte a bhí sa Stáitsheirbhís, fearacht an tseomra sin in a raibh J. ar chrotal dobhearnaithe é, díon gaoithe, gréine, solais, torainn, rubálaithe agus eile. Cosaint agus bannaí iomlán ar pháipéar. Le dhul ag brise dorais bheadh seisean ag brise an

know. The Civil Service's doors were as much a mystery to him as its papers. Apparently, there were people who were authorised to lock them and to open them, and others who weren't. Surely, there must be a provision, a procedure, even a Tradition, regarding such things. It would never have crossed the clerical officer's mind to think of J. before leaving. Maybe he forgot that S. wasn't in his office as usual. Still, J. shouldn't be thinking about breaking down Civil Service doors, any more than he would think of ripping up its papers. Imagine the consequences of tearing up a single page. Such an evil deed was probably unforgivable. It would be as bad as murder, maybe worse. The Civil Service was a closed system, like the office J. was in, an unbreakable nut, shelter against wind, sun, light, noise, robbers, etc. Total protection and security for paper. If he went around breaking down doors, he would be breaking the seal ordained by the State and, therefore, by God, as he had once heard the clerical officer telling the Senior. He had made enough of a mess of the ten commandments as a young man. The clerical officer attended some big college in Eccles Street. It was said, too, that the blonde woman went there. They probably sat side by side. The likes of her would offer her other thigh to some other buck and then she could prey on two men at once! Light fingers! He wasn't too far from the same college himself. His Old One was always at him to go there, to get out from under her feet so she could finish her cleaning, burning old papers and other rubbish. 'Maybe,' she said, 'you might meet some hussy who might offer you her thigh. It would give my battered old hip a break at any rate.' For all her mocking, it would be a good thing for a paperkeeper to go to college. When he mentioned it in passing one day: 'You should go to Trinity College and do Celtic Studies. You're much too good for a place like this. If nothing else, it might cure your

tséala sin a bhí ordaithe ón Stát agus dhá réir sin ó Dhia, mar chuala sé an t-oifigeach cléireachais a rá leis an tSinsear. Níor bheag a raibh de chis ar easair déanta aige d'aitheanta Dé ó bhí sé in a sheanpháiste. Bhíodh an t-oifigeach ag dul go dtí coláiste mór eicínt ag Sráid Eccles. Bhí le rá freisin go raibh an bhean fhionn ag dul ann. In a suí sliasaid ar shliasaid is dóigh. Thiúrfadh a leithéid sin a leathshliasaid thall do bhoc eicínt eile agus bheadh sí ag creacha beirt go spleách in éindigh! Luathlámhach! Ní raibh sé féin i bhfad ón gcoláiste céanna. Bhíodh a Shean-Cheann i gcónaí ag iarra air a dhul ann, amach as an mbealach nó go ndéanfadh sí fuíoll a cuid glantacháin, go ndódh sí seanpháipéir agus seanbhruscar. 'B'fhéidir,' adeireadh sí, 'go gcasfadh bean chéileachais eicínt leat ann a chuirfeadh comaoin a sliasta ort. Ba mhór de réidh an achair do mo sheanchorróg tholgtha-sa é.' Ar a mhaga sin féin d'fheilfeadh do pháipéar-choinneálaí a dhul ag coláiste. Nuair a thrácht J. go fánach air: 'Go Coláiste na Tríonóide a bhí agatsa a dhul agus Léann Ceilteach a dhéanamh. Tá tú roléannta ar fad le haghaidh áit mar seo. Mar a ndéanfaidís thairis b'fhéidir go maolóidís do chuid tochais,' adúirt an Sinsear. 'Bíodh an diabhal ag an Sinsear.' Dúirt J. sin ainneoin gur chros sé in a intinn féin ar an bpointe an oidhe sin air mar stáitsheirbhíseach agus gur leasaigh sé an mhallacht go cuí le S. a chur in ionad *Sinsear*. Ach a bhfaigheadh sé é féin as an tromásc seo ghabhfadh sé go dtí an coláiste! Ba mhó na mná ná na fir a bhí ag dul ann, adeirtí. D'fhoghlaimeodh sé rud eicínt ann. Cá bhfios goidé sin? Ardú céime. Tharla rudaí ní b'aistí . . . Chua J. ar ais go dtí an bord. Bhí a ghionchraos tirim ó bhéal a chléibh aníos agus a liopaí ag greamú dhá chéile. Bhí crúsca uisce ar an mbord a cheadaíodh an Sinsear dó a thabhairt isteach ón leithreas gach lá agus é ag rá, 'An té nach n-ólann ach uisce ní bhíonn sé ar meisce.' Chua J. síos sách scothfhada sa gcrúsca. D'fhéad sé tosú ag smaoiniú aríst. Bheadh air a dhul amach. Ní raibh de bhealach amach

itch,' said the Senior. 'To Hell with the Senior.' As soon as he
said it, J. rejected that fate as unsuitable for a civil servant and
amended his curse appropriately from Senior to S. As soon as he
got himself out of this mess, he'd go to college! More women
than men went there, it was said. He would learn something
there. Who knew what it might lead to? A promotion. Stranger
things had happened ... J. went back to the desk. His mouth
and throat were dry and his lips stuck together. There was a jug
of water on the desk which the Senior permitted him to bring in
from the toilet every day, saying, 'He who only drinks water is
never drunk.' J. drank deeply from it. Now he could start think-
ing again. He would have to get out. There was only one way
out now: through the telephone. He'd pick up the receiver and
explain his predicament to the telephonist. Ordinarily, he
couldn't do such a thing, but he would have to because he was
locked in. He lifted the receiver anxiously to his ear and heard a
hissing sound. He would wait five minutes or so, then start
calling out. He didn't notice he was shouting. Suddenly he re-
alised there was no one at the other end of the line. She had
gone out. She did that from time to time. He had heard the Se-
nior and the clerical officer complaining. 'It appears as though
the Postal Department and the Board of Works have come to an
agreement and that the exchange will now be located in the the
toilet ...' 'How can there be a department or a Civil Service
with such a weak link.' 'You mean an extension, S.; a telephone
is an extension. It's an extension of another kind entirely in the
toilet. Well, an extension is an extension ...' The extension in
the toilet, they called her. S. repeated what the clerical officer
said, as though he had said it first. Surely she'd be back by now.
He picked up the receiver again. Nothing. He'd give her another
ten minutes or so; she'd have to be back by then; unless there

anois ach thríd an nglacadán, an glacadán a ardú, agus a chruachás a inseacht do bhean na nguthán. Ní fhéadfadh sé a chruachás a inseacht di ach d'inseodh sé di mar bhí sé glasáilte. Bhí an glacadán len a chluais go míshuaimhneach. D'aitigh sé fiucha istigh ann. Fanacht chúig nóiméad nó mar sin. Ansin an *hallo*áil. Níor thug faoi ndeara a chuid scréachaíola féin. Go tobann ghoin a aire é. Ní raibh duine ar bith ag ceann téide. Imithe amach a bhí sí. Bhíodh amantaí. Chloiseadh sé an Sinsear agus an t-oifigeach cléireachais ag casaoid uirthi: 'Is cosúil go bhfuil Roinn an Phosta agus Bord na nOibreacha Poiblí thar éis a theacht chun réitigh faoi dheire agus gur sa leithreas anois go cinnte a chuirfear an malartán, an clár aistrithe . . .' 'Cén chaoi a bhféadfadh roinn ná Stáitsheirbhís a bheith againn agus sine lag mar sin ann? . . .' 'Síne, ab áil leat a rá, a S. Is síne é guthán. Síne de chineál eile a bhíos sna leithris go minic. Bhuel is síne síne . . .' Síne fada an leithris a thugaidís uirthi. Níodh S. athléamh ar an oifigeach cléireachais ionann's dhá mba uaidh féin an chaint sin ó cheart. Ba chóir go mbeadh sí ar ais faoi seo. D'ardaigh J. an glacadán aríst. Saothar in aisce. Faoi cheann deich nóiméad eile nó mar sin facthas dó marar thromásc críochnaithe a bhí i gcúrsaí an leithris go mbeadh sí ar ais faoi seo. Baol uirthi . . . Ba gheall le comhad a chaille dó an smaoine a tháinig do J. Bhí sí imithe abhaile! Bhí an t-oifigeach cléireachais imithe abhaile, nó go dtí a choláiste, nó go dtí teach ósta leis an *melodeon* fionn, nó pér bith áit a dtéadh oifigeach cléireachais. Bhí an Stáitsheirbhís tar éis an darna cineál seomraí a thabhairt orthu féin, tar éis dul chun suaimhnis. Ba mhinic a chuala J. an Sinsear ag athléamh ar an oifigeach cléireachais, ag rá nach dtéadh grian faoi choíchin ar an Stáitsheirbhís. Is cinnte go mbailídís leo, go mbánaítí ranna agus oifigí, leis an Stáitsheirbhís a fhágáil mar ba dhual di in a síchruinne comhad. D'fheiceadh sé féin gach tráthnóna ag an cúig a chlog é. Arb éard a bhí i gceist ag S. agus ag an oifigeach go mbíodh madhcrafóin i bhfalach sna ballaí? Deirtí é sin faoi

was a major operation underway in the toilet. She had no notion of coming back … The thought alarmed him as much as if he had misplaced a file. She had gone home! The clerical officer had gone home, or to the college, or to a pub with the blonde melodeon, or wherever a clerical officer goes. The Civil Service had repaired to their second set of rooms, to rest. J. had often heard the Senior taking off the clerical officer, saying the sun never set on the Civil Service. Certainly, they retreated, departments and offices were abandoned, in order that the Civil Service remain as it should be, an otherworld of files. He'd seen it himself every evening at five o'clock. Did S. and the officer mean that there were microphones hidden in the walls? That was said about the police. The Senior had often warned J. not to talk to himself while going through the files, that you never knew who was listening, that the walls had ears and the whole place was an echo chamber. Who's to say the voice that had answered his Hallo a few minutes ago wasn't one of those eavesdroppers? For all that was said about S., maybe he was smarter than he was given credit for. You could tell as much from the neatly-trimmed little tuft of a moustache he wore. J. had started to grow one of his own in his second week as a paperkeeper. As soon as the faintest hint of fuzz was visible, S. had said sarcastically, smoothing his own between thumb and forefinger: 'Aren't you the clever one, acting the Senior already.' J. shaved it off at dinner-time. Where was S. now? On the Isle of Man probably. He was going there by aeroplane. If he said it once he said it twenty times. You'd think travelling by air was going to put him on a different level to the rest of them when he came home. But you could hardly be made a clerical officer or a Senior just by going to the Isle of Man by aeroplane. J. had an idea where S. might be by now. S. was a bit of a lad. One morning, as J. went through S.'s office to the toilet,

na póilíos. Ba mhinic a chuir an Sinsear fainic ar J. ag gabháil thrí na comhaid dó gan a bheith ag caint leis féin, nach raibh a fhios cé bheadh ag éisteacht, go raibh poll ar an teach agus cluasa ar na ballaí. Cá bhfios nach glór mar sin a d'fhreagair a *Hallo* féin ar ball. ' Th'éis cúl a chainte a bheith leis féin scaití b'fhéidir don tSinsear a bheith i bhfad ní ba mheabhraí ná cheapfaí dhó. B'fhurasta aithinte sin ar an muta díogáilte de mhuisteaisín a bhí air. Thosaigh J. féin ag ligean suas a macasamhail an darna seachtain in a pháipéar-choinneálaí dhó. Cho luath is bhí aithne geamhair uirthi: 'Is deas é mo bhródach,' arsa S. go tarcaisneach ag cuimilt a chinn féin idir pont a ordóige agus a chorrmhéire: 'ag ceapa gur Sinsear cheana féin thú.' Bhearr J. an geamhar in am dinnéir. Cá raibh S. anois? In Oileán Mhanainn is dóigh. Bhí sé le dhul ar an eiteallán. Má dúirt sé uair é sin dúirt sé fiche uair é. Shílfeá de bharr an aerthaistil sin gur dhuine é S. a bheadh ar réim ní b'airde ar fhille ó Mhanainn dó. Ní dhéanfaí oifigeach cléireachais ná Sinsear de dhuine i ngeall ar dhul go Manainn ar eiteallán? Bhí barúil ag J. cá mbeadh S. faoi seo. *Lad* é S. Maidin dhá ndeacha J. amach thrí sheomra S. chun an leithris fuair sé S. amuigh agus ladhar a láimhe lánleata aniar faoi bhrollach mór corcógach an bhean ghlantacháin, an ceann bun-óg sin nár fhan ach coicís. B'fhurasta dise a deasóg a mhuirniú anuas ar a brollach rabairneach as cionn leathláimh sin S. agus snafach iarmhartach S. a thapú, len a leathláimh eile a shleamhnú síos póca airgid S. Ach díscaoileadh lámha soir siar ar an toirt. Shac S. an leathláimh chiontach go domhain in a phóca: 'An bhfuil ceo ar bith le déanamh agatsa sa seomra sin?' arsa seisean le J. agus pislín spréachta ag teacht thar bhruach a liopa. 'Nó an bhfuil tú tar éis ardú céime a fháil? Nó an bhfuil gealloifig sa leithreas?' Agus chaith sé mí mhór fhada ar an tuairgínteacht tharcaisneach chéanna air. 'Fanadh tusa ó mhná brollaigh móra agus an bhruitíneach thochais atá ort. Tá sé tóigthe ag na comhaid uait. Chonaic mé comhad istigh ansin an lá cheana

he found S. with his fingers spread out across the large beehive breasts of the cleaning lady, the youngish one that had only stayed a fortnight. She could easily have trailed her right hand down over her impressive bosom, over S.'s hand, taking advantage of his eagerness to dip her other hand into his pocket. Hands were untangled in an instant. S. shoved his own guilty hand deep into his pocket: 'Don't you have anything to do in that office?' he demanded of J. furiously, foam flecking his lips. 'Or have you been promoted? Or maybe there's a bookies' in the toilet?' And he spent a long month in that same sarcastic vein. 'You'd better stay away from large-breasted women, with that itch of yours. The files have caught it from you. I saw a file in there the other day trying to scratch itself.' . . . Finally J. admitted to himself that there was no chance of making or taking a call; the telephone just kept gurgling like someone choking on his food. His Old One at home would never leave bits of paper around without tearing them up or burning them — receipts for rent, rates, radio, gas, or electricity. She'd be sure to ring the Guards. But he hadn't done anything wrong. Apart from the lock. That was an accident. Could they not have made a stronger key? The keys, really, were the weakest link in the Civil Service. He had forgotten, of course, that the cleaning woman would be in in the morning. It was the Senior who let her into J.'s office every day. Even if she did have a key, there was all that rubbish in the keyhole. But he could call out to her and explain everything. The telephonist would arrive soon after that. But the Senior always complained that her trips to the toilet were as much of a ritual as her morning prayers. And the executive officer, a very learned man, had told S. that to pray originally meant to wait, to sit tight. Between the two of them, anyway, freedom was in sight. He wouldn't notice the night pass. He'd leave the lights

agus é ag iarra é féin a thochas.' . . . Anois a lig J. len a ais é. Glaoch isteach ná amach ní raibh sa nguthán anois, ach é ar nós duine a mbeadh an bia ag stopa i mbéal a chléibh. Ní fhágfadh a Shean-Cheann sa mbaile liobar sean-pháipéar, admhála cíosa, ná rátaí, ní radio, ná geas, ná aibhléis, ná eile sa teach gan stróice agus gan dó, agus níor dhóide beirthe é ná ghlaoifeadh sí ar na Gardaí. Ach ní raibh tada as bealach déanta aige. Cés moite den ghlas. Timpiste. Breá nach ndéanfaidís eochrachaí ní ba láidre. Ba iad na heochrachaí an tsine lag dháiríre sa tSeirbhís. Níor chuimhnigh sé air sin ach oiread: bheadh an bhean ghlantacháin isteach ar maidin. Ba é an Sinsear a ligeadh isteach i seomra J. í. Fiú dá mbeadh a eochair seo aici bhacfadh an bruscar í i bpoll an ghlais. Ach d'fhéadfadh sé glaoch amach uirthi agus a chruachás a chur i bhfios di. Ba ghearr in a dhiaidh sin go mbeadh bean na nguthán ar fáil. Ach bhíodh an Sinsear i gcónaí ag fuasaoid go mba é a hurnaí maidine sise an leithreas. Bhí an t-oifigeach feidhmiúcháin, fear an-fhoghlamtha, tar éis a rá le S. gurbh ionann urnaí ó cheart agus fanacht, buala fút. Eatarthu ar aon chor b'fhuascailt é. Ní aireodh sé an oíche. D'fhágfadh sé na soilse lasta agus shínfeadh sé ar an urlár. Mara gcollaíodh sé féin cén dochar? Níor bhrí ar bith oíche. Ach bhí tromásc air. An leithreas. Marbhfáisc ar an uisce sin a d'ól sé. Téann ag an nádúr ar thoil dhá thréine, mar deireadh S., i modh neamhdhíreach leiscéil gur rugthas ar a láimh féin ag inliú earra seachas páipéar. Chuimhnigh J. dhá bhféadadh sé é a dhéanamh amach thrí pholl an ghlais go nglanfadh an bhean ar maidin é agus go bhféadfadh J. a mhilleán a bhuala ar S. Níor chall poll an ghlais a scrúdú le tuiscint gur isteach sa seomra seo féin a thiocfadh sé. Agus fiú dhá mbeadh sé cinnte gur amach a thiocfadh sé ní bhfaigheadh sé ann féin a dhéanamh. Chuimhnigh sé ar thairneán an bhoird. An tairneán a thabhairt amach agus a fhalamhú sa leithreas nuair a d'osclófaí doirse. Ach ba ansin a bhí an eochair. Ionad taisce eochrach é. Fiú má bhí an eochair fabhtach,

on and stretch out on the floor. And even if he didn't sleep, what harm? It was only one night. Now he had another problem. The toilet. Blast that water he had drunk. Nature overcomes the strongest will, as S. used to say, a roundabout, lazy excuse for the fact that his hand had been caught handling something other than paper. J. thought about doing it out through the keyhole, letting the cleaning woman mop it up in the morning and blaming S. for it. But he didn't need to examine the keyhole to realise that it would come back into his own office. And even if he was sure it would go out, he couldn't bring himself to do it. What about the desk drawer? He could bring the drawer out and empty it into the toilet when the doors were opened. But that's where the key had been. It was a place where keys were kept. Even if the key was faulty it was still a paper-key all the same. He surveyed the office 'to that end', as S. might say. What about an empty cabinet? Even if it was empty, he couldn't do it in a place that was—he almost said consecrated—to paper ... He'd be better off doing it on the floor, somewhere he could pull the lino up, preferably in under the pipe in the corner of the office. If need be, he could help the cleaning lady mop it up, but she was just as likely to clean it herself without knowing what it was. Either way, she'd be sympathetic. Most women were understanding, apart from the odd one like his Old One, who regarded paper as something to fill bins with. Even if the cleaning lady didn't understand, they wouldn't come down that hard on him, because nature overcomes the strongest will, or, nature will take its course, as S. was fond of saying, mimicking the clerical officer recalling a scandal which was supposed to have happened long ago in some department which had long since been dissolved, and whose name was all but forgotten in the Civil Service. J. had heard talk of a Civil Servant who had made a funnel from a pa-

eochair pháipéir a bhí inti in a dhiaidh sin. Scrúdaigh sé an seomra 'chun na críche sin' mar deireadh S. Almóir falamh? Fiú dá mbeadh ní fhéadfadh sé a dhéanamh in áras a bhí— fhobair dó coisrigthe faoi chomhair páipéir a rá . . . B'fhearr é a dhéanamh ar an urlár in áit eicínt a dtóigfeadh sé an líneó dhe, agus de roghain isteach faoi bhun an phíopa i gcúinne an tseomra. Dhá mba chall ghlanfadh sé a chúnamh don bhean é, ach ba é ba dhóigh go nglanfadh sí féin é gan aithneachtáil céard é. Ar aon chor thuigfeadh an bhean an scéal. Ba dhaoine tuisceanach iad formhór na mban, cés moite de chorrdhuine mar a Shean-Cheann féin nár léar di i bpáipéar ach earra le lucht bineannaí a choinneáil ag obair. Mara dtuigeadh an bhean ghlantacháin féin é ní fhéadfaí a bheith sa mullach ro-mhór air, arae téann ag an nádúr ar thoil dhá thréine, nó caithfe an nádúr cead a bhealaigh féin a fháil, mar adeir S. i gcaint an oifigigh chléireachais faoin scanail a bhí in ainm's tarlú sa gcianaimsir i roinn eicínt a bhí díscaoilte le fada agus ar beag stáitsheirbhíseach anois ar cuimhneach leo a hainm. Chuala J. caint ar stáitsheirbhíseach a rinne fóiséad, len a chuid uisce a shéalú thríd, de pháipéar a raibh síniú pearsanta an Aire féin air. Ansin rinne sé cárta Nollag dhe agus d'fhága sé ar bhord phríobháideach an Aire é. Níor chreid J. gur tharla ná go dtarlódh a leithéid. An rud a bhí *beartaithe*—caint S.—ag J. ba riachtanas é ach níor dhíobháil. Bheadh chuile ruainne agus sprúille páipéir cho slán cho híon is dá mbeadh gan an rud tarlú chor ar bith. D'fhuadódh sé Dettol, Jeyes' Fluid agus eile ón Sean-Cheann sa mbaile. Dúshlán dreidire sróine S. ar fhille dhó aon ní a bhrath. Dhá mba chall é, bhríbeálfadh sé an bhean ghlantacháin, ainneoin go raibh sin in aghaidh na rialachaí. Ach i gcruth séisín a thiúrfadh sé é agus síne láimhe in aisce, rud nach bhféadfadh a bheith in aghaidh aon riail. Cé ar mheasa é ná S. dhá shlada ag an mbean ghlantacháin úd? Ba mheasa an rud a tharla do S., mar d'fhéad S. a mhíghníomh a sheachaint má thogair sé é . . . Dheisigh sé é

per signed personally by the Minister, and pissed through it.
Then he had made it into a Christmas card and left it on the Mi-
nister's private desk. J. couldn't believe such things had happen-
ed, or could happen. What J. *planned* — S.'s word — was neces-
sary but harmless. Every scrap and fragment of paper would be
as safe and clean as though nothing had ever happened. He'd
swipe some Dettol, Jeyes Fluid or the like from the Old One at
home. That'd put it up to S.'s dredger nose to sniff anything
when he returned. If necessary, he'd bribe the cleaning lady, al-
though that was against the rules. But it would be in the form of
a tip, a gratuity, which wasn't against the rules. Was it any worse
than S. being cleaned out by that cleaning lady? What had hap-
pened to S. was worse, because he needn't have done it . . . J. set-
tled in for the night, in the corner furthest from the mess. The
crosspiece of the desk was too hard under his head. In the end
he had to get up, fetch a file from the top of the cabinet, the top
shelf, 'the forgotten files' S. called them. He had to get a second
one to make his pillow more comfortable. Ever since joining the
Civil Service he had said his prayers diligently. The parish priest
saluted him these days. His Old One reminded him every night
to pray for her hip. She was forever lighting candles and threat-
ening to go to Lourdes as soon as he got a pay rise: 'Our Father
who art in heaven,' began J., '. . . Thine art the keys. If they bro-
ke in the great lock of Heaven . . . Thy will be done on earth as it
is in the Civil Service. Did Peter have a big deep pocket in the
front of his trousers?' It was no use. There was a bell tolling in
the back of his head, like the day he couldn't find the memo the
executive officer wanted, and S.'s nose trained on him like a gun.
There was only one light on. He'd have to turn on the other one
or turn this one off. There was a constant stream of memoranda
relating to power conservation circulating around the Depart-

féin síos le haghaidh na hoíche, sa gcoirnéal ab fhaide ón mísc. Bhí triosnán an bhoird rochrua dhá cheann. B'éigean dó as a dheire éiriú agus comhad a fháil, comhad as uachtar almóra, den tseilp uachtair, an t-almóir a dtugadh S. na comhaid dhearmadtha orthu. B'éigean dó an dara ceann a fháil le ceannadhairt a mbeadh socúl ar bith inti a dhéanamh. Deireadh sé a phaidreachaí go seasta ó dhul sa Stáitsheirbhís dhó. Bheannaíodh a shagart paráiste dó anois. Chuireadh a Shean-Cheann faoi deara dhó chuile oíche guidhe ar son a corróige. Bhíodh sí go síoraí ag lasa coinnle sa séipéal agus ag bagairt a dhul go Lourdes ar a son ach a bhfaigheadh J. ardú tuarastail: 'Ar nAthair atá ar Neamh,' adúirt J. '. . . Is agat atá na heochrachaí. Dhá mbristí i nglas mór na bhFlaitheas iad . . . Go ndéantar do Thoil ar an talamh mar dhéantar sa Stáitsheirbhís. An raibh póca mór domhain ar thosach bhríste Pheadair?' Ní raibh aon mhaith ann. Bhí clog ag gleára i gcúl a chinn mar bhí an lá nach raibh sé i riocht a mhéir a leagan ar an meamram a bhí an t-oifigeach feidhmiúcháin a iarra agus srón mhífhoighideach S. dírithe air mar ghunna. Ní raibh lasta anois ach solas amháin. Chaithfeadh sé ceann eile a lasa, nó é sin a mhúcha. Bhíodh meabhrán faoi thíobhas ag síordhul faoi gcuairt sa Roinn. Mhúchfadh sé an solas. Níor fhéad sé gan cuimhniú gur in uain thalúna a bhí sé, gur ghabhair agus caoire a bhí sna páipéir chomhadtha sin agus gurbh é an solas an aontsúil pholaiféimeach a bhí ag síor-airdeall air. Seanchoinneálaí páipéar le linn Rialtas A Chara agus a bhí anois ar pinsean a mhol dó 'an sárleabhar' sin a cheannacht. Nuair a chonaic a Shean-Cheann aige í, i ndiaidh a theacht abhaile dhó, ba theannach léi í a dhó mar 'sheanchiomach páipéir.' Rinne sé a sheandícheall a mhíniú di nach raibh sí ar aonréim le comhad ná meamram ná meabhrán ach . . . ach ba 'seanchiomach' é chuile pháipéar ag an Sean-Cheann . . . Chuir a chóta faoi mar bhí an t-urlár fuar agus ní raibh sna píopaí an tráth seo de bhliain ach luaí fhuar, clúdaigh gan comhaid.

ment. He'd turn it off. He couldn't help thinking that he was in a cave, that the filed papers were goats and sheep and that the light was the one and only eye of Polyphemus watching him constantly. An old paperkeeper who was there in the time of His Friend's Government and had since retired, had recommended that he buy that 'marvellous book'. When his Old One saw it, after he came home, she wanted to burn 'that tatty old bundle of paper'. He did his best to try and explain to her that the book was a different thing entirely from files, memos or memoranda … but they were all the same to her, all rubbish … He spread his coat out under him because the floor was cold and the lead pipes this time of year were cold, like files without covers. He spent the night tossing and turning trying to silence the ringing in his head. The night of his second day here in this very office, it was this constant tossing and turning which led the Old One to turf him out of the bed. 'Out you go,' she said, 'you can exercise away to your heart's content on those old chairs and boxes. My hip's bad enough as it is with the rheumatism' … Finally, he fell into an uneasy sleep. That was even worse than the tossing and turning. He had bad dreams: women sticking their hands in his pocket, stealing the keys and making off with them; St Peter losing the great key of Heaven and the celestial Civil Service frantically searching for it while J. and a long line of others were kicking at the door trying to get in. Our Father, who art in Heaven, hallowed be Thy name, Thy keydom come, Thy will be done on earth as it is in the Civil Service … The Military Pensions file came toppling down on him and paper battles, ambushes, killings, murders, parricides, civil wars raged over his head and all around him. The forgotten files cabinet bent over until it covered him, gobbling him up, until he was trapped inside it as if he was inside an upturned coffin. The cabinet lifted

Chaith sé an oíche thar droim ag bocáil ó thaobh go taobh ag iarra an gleára i gcúl a chinn a bhréaga chun suaimhnis. Oíche an darna lá dhó san oifig seo ba é an síor-iontú sin a thug dhá Shean-Cheann é a thuairteáil le fána as an leaba. 'Síos ansin anois leat,' adúirt sí, 'agus déan do chuid cleasa lúth ar sheanchathaoireachaí agus ar sheanbhoscaí. Tá mo chorróg sách craiceáilte ag scoilteachaí' ... Thit néal driopásach air sa deire. Ba mheasa sin ná an neamhcholla corrach. Bhí bríonglóideachaí scáfar aige. Mná ag cur lámha in a phóca, ag strachailt amach eochrachaí agus ag ligean leo féin sna gaiseití. Eochair mhór na bhFlaitheas caillte ag an Naomh Peadar, Stáitsheirbhís na bhFlaitheas thar bharr a gcéille aige dhá cuartú agus J. féin agus scuaidrín mór fada ag ciceáil an dorais ag iarra a dhul isteach. Ar nAthair atá ar Neamh, go naomhtar t'ainm, go dtige eochrachaí do Ríocht, go ndéantar do Thoil ar an talamh mar dhéantar sa Stáitsheirbhís ... Scoir comhad na bPinsean Míleata é féin anuas in a mhullach agus thosaigh cathannaí, luíocháin, marú, dúnmharú, fionaíol, cogaí cathartha, páipéar as a chionn agus thart timpeall air i ngach áit. D'umhalaigh almóir na gcomhad dearmadtha é féin anuas air gur chlúdaigh é, gur fháisc a cholainn isteach in a chrioslaigh féin, go raibh sé i bhfastós istigh ann mar bheadh sé i gcónra a mbeadh a béal fúithi, gur ardaigh suas é agus go bhfuair sé claochlaithe é féin in a chomhad, comhad dearmadtha eile. Ba chomhad dearmadtha é ach bhí cuimhne mhaith aige féin ar gach rud, go háirid ar eochair bhriste, ar chomhad cluaisbhearnaithe, ar mhísc domhaite i láthair comhad agus meabhrán. Bhí sé dearfa anois gur chomhad é féin ar pháipéar a bhaill bheatha, agus go ndeacha sé amú nuair a chuir rúnaí an Aire fios ar an meamram arbh é é. Ní hé amháin gur airigh sé é féin faoi ghlas anois; d'airigh sé glas, glas a raibh a eochair ar iarra, ar gach ball dá bhaill bheatha. Ba í an teanga an ball deire a ndeacha glas uirthi. Nuair a d'fhéach sé leis an nglas a bhaint di shloig sé an eochair agus chaithfí doras

him up and transformed into a file, another forgotten file. He was a forgotten file but he remembered everything perfectly, especially a broken key, a dog-eared file, and an inexcusable mess in the presence of files and memoranda. He was convinced he was a file, that he was made of paper and he had got lost when the Minister's secretary asked for the memo that he now was. Not only did he feel imprisoned, he felt every part of his body was under lock and key, and the key missing. The tongue was the last to be locked. When he tried to unlock it, he swallowed the key and a door would have to be opened in him to retrieve it ... He woke with a start. It was as if his itch was a needle and he was being stitched up. His heart was racing, his head pounding. It took a while for him to experience himself as a living thing, then a human being, and longer again before he could get used to his own personality, let alone his own thoughts. It was a ferocious struggle to recover his identity, steal it back from a shapeless cloud where there was uproar and commotion and put it back in its proper place ... He switched on two, three, four lights. There was no clock in the room and he had no watch. The public clocks were usually enough for him. He could remember clearly his own ravings, but nothing had changed except that he didn't hear the refrain he usually heard in his sleep: 'There's a lot of noise in the boat tonight.' As soon as he put the pillow back in the forgotten files cabinet, he imagined it had become itself again and was grateful to him for paying the appropriate fees ... He was shivering with the cold, his heart beating as hard as it had the day he was interviewed for the job of paper-keeper. He was so worried that day, the military medal was shaking on his chest, as if his body was betraying some form of cowardice in him. And yet, he knew today was different. Occasionally on the day of the interview, his heart had fluttered like a butter-

a oscailt ann len a fáil … Dhúisigh sé d'aon-iarra. Bhí sé mar bheifí ag cur greamannaí ann le snáthaid thochais. Bhí fuadach croí dalba air anois i dteannta an ghleára i gcúl a chinn. B'fhada a chaith sé ag iarra taithiú leis féin mar dhúil bheo, ansin mar dhuine, taithiú len a phearsa ní áirím len a chuid smaointe féin. Bhí air caraíocht mhór a dhéanamh len a aitheantas féin a aimsiú agus a scioba amach as scamall éagruthach in a raibh ruaille buaille tréan-ghluaisteach agus é a shnama anuas san ionad len ar bhain sé … Las sé dhá sholas, trí cinn, cheithre cinn. Ní raibh aon chlog sa seomra ná aon uaireadóir aige féin. Ba lór mar lón dó na cloig phoiblí. Bhí cuimhne sách baileach aige ar a chuid rámhailltí, ach ní raibh rud ar bith athraithe cés moite nár chuala sé deilín a thaithí: 'Tá torann mór sa mbád anocht.' An dá luath is ar chuir sé a cheannadhairt ar ais in almóir na gcomhad dearmadta facthas dó gur tháinig a ghotha dálaigh féin air sin agus go raibh sé buíoch dhe as ucht a chuid fiacha dlisteanach a íoc … Bhí sé ag eitealla le fuacht agus d'aithin sé gurbh é an fuadach céanna a bhí faoin a chroí anois a bhí an lá a raibh sé ag an agallamh faoi chomhair a bheith in a pháipéar-choinneálaí. An lá sin bhí an fuadach croí ag cur creatha sa mBonn Míleata ar a ucht, fearacht is dá mba chruth eicínt de chladhairíocht chorpanta a bheadh dhá fhoilsiú féin leis. Ach in a dhiaidh sin thuig sé nach mar a chéile an fuadach seo agus fuadach an lae sin. An lá sin bhí a chroí ag luainn scaití mar fhéileacán ar thamhnóg shléibhe. Inniu ba mhó ba chosúla é le bó a chonaic sé uair ar saoire agus í ag caraíocht le theacht as scraith ghlogair. Chaith sé eadartha eile dhá scríoba féin go baileach agus go dúthrachtach mar chat beadaí ag níochan a chuid fionnaigh … D'airigh an toirnéis amuigh. An bhean ghlantacháin. Shiúil go doras: 'Hóra ansin,' arsa seisean, dhá sheanghlao san áit a mbíodh poll an ghlais. 'Hóra ansin, a bhean í L. …' 'Ó bhó! …' Tháinig an scread fhaitís, titim an ghléas glantacháin agus teithe neamh-mhuiníneach na gcosa

fly on a grassy hillside. Today he was more like a cow he saw once on his holidays struggling to wrench itself out of a boghole. He spent a while scratching himself carefully, vigorously as a prissy cat licking its fur ... He heard the commotion outside. The cleaning lady. He went to the door: 'Hallo there,' he yelled out through the blocked keyhole. 'Hallo there, Mrs L. ...' he said. 'Oh, my God! ...' He heard her scream through the door, the cleaning equipment being dropped and the uncertain scurrying of arthritic feet. 'Mrs L.,' he shouted as loud as he could. 'It's me J. J. J. I got locked in by accident; it was an accident. I'm in here.' He heard the shuffle of feet approaching the door: 'I thought it was a ghost or something awful, God help us. It's hard to know what might be living in that dungheap of paper, God between us and all harm! By accident! Poor J. .... Alive and kicking and locked in ... Christ Almighty, all night! ... With nothing to eat or drink, and nowhere to sleep ... Were you scared? I have no key for that room, Mr J. Mr S. has it. He lets me in every morning. He gives it to me so I can let myself in. When Mr S. used go on holidays, Mr V., the man that was here before you, used to have it and he used to let me in. None of my keys will open this door, Mr J. .... The lock is jammed anyways. We'll have to wait until the clerical officer comes. Isn't it terrible that such a thing would happen to you, Mr J., you of all people, a good decent man ...' J. had a lot on his mind but he'd have to keep it to himself until the officer came. He began running his finger up and down the spines of the files in the cabinet. He took one down. Unusually for him, he didn't put it back. He started reading. It was about an incident a long way from the city, in the Wild West. An officer from the department had visited a tomato grower, and recommended a change of soil. There was another letter following a second visit, but the soil had not

leathchraiplithe, thrí chláir an dorais. 'A Bhean í L.': chuir sé a shean-neart san uaill. 'Mise atá ann. J. J. J. Tá mé faoi ghlas de thimpiste, de thimpiste, istigh anseo.' D'airigh sé an siúl stromptha anall go doras: 'Shíl mé gur thaibhsc nó droch-rud, sábhála Dia sinn, a bhí ann. Is deacair do dhuine fios a bheith aige céard a chónódh sa gcarn aoiligh páipéir sin, fuagraíomuid dea-chomharsanacht orthu! De thimpiste! A J. bhoicht . . . Beo beathach agus thú faoi ghlas . . . Crois Críost orainn ar feadh na hoíche! . . . Gan greim, gan blogam, gan leaba gan landa . . . An raibh faitíos ort? Níl aon eochair agam faoi chomhair an tseomra sin, a Mhr J. Ag Mr S. féin atá sí. Is é a ligeas isteach ann gach maidin mé. Tugann sé dhom í le dhul isteach ann. Nuair a théadh Mr S. ar saoire, ag Mr V. a bhí anseo rótsa a bhíodh sí agus eisean a ligeadh isteach mé. Ní oscló aon eochair dhá bhfuil agam an doras, a Mhr J. . . . Tá an poll calctha ar aon nós. Caithfe muid fanacht nó go dteaga an t-oifigeach cléireachais. Nach mí-ásach go n-éireodh rud cho haibéiseach sin duitse, a Mhr J., duine cho lách, cho ceansa, leat . . .' B'iomaí rud a bhí ar J., ach chaithfeadh sé a fhad agus a leithead den aimsir a bhuala air, nó go dteagadh an t-oifigeach. Thosaigh sé ag síne a mhéir síos agus suas ar chúlannaí na gcomhad in almóir. Thóig sé comhad amach. Rud nárbh iondúil leis níor chuir sé ar ais é. Thosaigh sé dhá léamh. Áit eicínt i bhfad ón gcathair san Iarthar Fhiáin a tharla sé. Oifigeach Roinne a thug cuairt ar fhear shaothraithe tomátaí. Mhol an t-oifigeach dhó an chréafóg a athrú. Leitir eile faoin darna cuairt, ach ní raibh an chréafóg athraithe sa teach gloine. Duine dochomhairleach, adúirt J. leis féin. Go tobann chuimhnigh sé ar phearúl S. 'Ná feic fiú na dúradáin idir thú agus an solas anseo. Ná clois tada.' Níor dhúirt sé leis gan tada a dhéanamh. Ach dúirt sé leis gan tada a rá: 'agus má chaitheann tú choíchin tada a rá, abair go cuí é de réir riail, nós-imeacht, forála agus an aclaíocht intinne agus smaointe is dual do stáitsheirbhíseach. Ar mhaith leat féin, ar mhaith leat féin anois

been changed in the glasshouse. An obstinate man, J. said to himself. Suddenly, he remembered S.'s mantra. 'Don't let on you see even the specks of dust between you and the light in this place. Hear nothing.' He had never told him to do nothing. But he had told him not to say anything: 'And if you have to say something, say it properly according to the rules, procedures, provisions, intellectual acumen and dexterity of mind that befits a civil servant. For your own sake, for your own good I'm telling you: be tough with the weak and kind to the strong. Watch the way the wind is blowing. If your right eye should catch sight of something by accident, I'm not saying I will order you to pluck it out as a giver of scandal. That would diminish your ability as a civil servant, as a paperkeeper. But let not your left eye see what the right eye has seen. Let your mind not comprehend it or dwell on it. And above all else, never breathe a word of it.' S. was over in the Isle of Man, groping the large breasts of some scarlet woman who had rifled his pockets. J. continued reading. He was consumed with curiosity about the departmental officer and the tomato man, like he used to be about the stories of the Wild West when he was at school. The man had threatened to hit the officer! To hit a departmental officer! Someone like the clerical officer, or the executive officer, or the administrative officer, or S. himself. There was even a letter from the minister saying how seriously he viewed the man's behaviour towards the departmental officer and, if such behaviour occurred again … By Dad! By the next letter, the tomato man had struck the officer. Another letter from the Minister. Any assault on the officer was tantamount to an assault on the Minister himself. J. thought that was worth remembering. The Minister could not turn a blind eye to such behaviour. The glasshouse would be confiscated immediately … J. put the file back in the drawer abruptly. 'Yes, sir … Yes … The

adeirim: troid le trua agus taise le tréan. Fair bun na gaoithe agus tuar na haimsire. Má éiríonn le do shúil dheas rud a léamh de thimpiste ní racha mé cho fada is go n-ordó mé dhuit í a strachailt amach mar bhall scanallach. Chiorrbhódh sin do bharrainn mar stáitsheirbhíseach, mar pháipéar-choinneálaí. Ach ná feiceadh do shúil chlí é. Ná tuilleadh sé i do cheann. Ná tuig i do mheabhair é. Agus go brách brách ná teagadh smid faoi amach thar thairseach do bhéil.' Bhí S. thall i Manainn agus a láimh aniar anall faoi chruach mhór bhrollaigh fhionnmhná eicínt a bhí i ndiaidh a phócaí a choille. Léigh J. leis. Bhí spéis anbháthach dhá chur aige in oifigeach na Roinne agus i bhfear na dtomátaí, an spéis a chuireadh sé in eachtraí an Iarthair Fhiáin ag an scoil. Ná raibh ann marar thairg an fear an t-oifigeach a bhuala! Oifigeach Roinne a bhuala! Duine mar an oifigeach cléireachais, feidhmiúcháin, riaracháin, nó fiú S. féin. Leitir ón Aire féin le rá gur fhéach sé go tromchúiseach ar iompar an fhir i leith oifigeach na Roinne agus dhá dteangmh- aíodh dó é féin a iompar go míchuí aríst . . . Ha Dad! Sa gcéad leitir eile bhí an t-oifigeach buailte ag fear na dtomátaí. Leitir eile ón Aire. B'ionann cneá a chur ar a oifigeach agus cneá a chur i gcolainn an Aire féin. Cheap J. gurbh fhiú cuimhniú air sin. Ní fhéadfadh an tAire neamh-aird a dhéanamh de mhí- iompar den tsórt sin. Bhainfí láthaireach an teach gloine den fhear . . . Chuir J. an comhad isteach san almóir go tobann. 'Sea, a dhuine uasail . . . Sea . . . An eochair a bhrise . . . Sea . . . Ó ní brí ar bith oíche . . .' Thosaigh an guthán ag bualadh i seomra S. amuigh agus d'fhreagair an t-oifigeach cléireachais é. Gan mórán achair bhí sé ar ais ag fuagairt isteach thríd an doras: 'Mrs J. ag fiafrú an anseo atá tú. Mhínigh mé dhi mar tharla. Dúirt sí gur fadó an lá ó fuair a cuid scoilteachaí an oiread scíthe. D'fhiafraigh sí arb óltach a bhí tú le bambairne mar sin a dhéanamh dhíot féin . . . Ach mararbh ea, a J., tuige ar ghlasáil tú thú féin istigh? . . . Ach bhris tú an eochair . . . Bíodh a fhios agat nach í an

key broke … Yes … Oh, one night isn't much …' The phone rang outside in S.'s office and the clerical officer answered it. A moment later he was back at the door: 'It's Mrs J. asking if you're here. I told her what happened. She said it's a long time since her rheumatism has had such a rest. She wanted to know were you drunk to make such an eejit of yourself … But if you weren't drunk, J., why did you lock yourself in? … But you broke the key … It's not Christmas, you know, and it's not like there's been a change of government to say that people can just lose the run of themselves like this … Mrs J. wanted to know should she bring you in your breakfast or would you prefer a feed of moth-eaten paper? I'll have to tell her my superior will have to decide if it's permissible to bring breakfast into the department … Okay, I'll tell her to ring back in half an hour.' He must have done exactly that and was back again at the other end of the key-hole almost immediately: … 'But if you weren't drunk, how did you get yourself into this mess? Breaking the key in the lock! I've always said it: you need to start young in this business. It was like trying to break in a mule in your case —you were too old when you started. "A brittle rod will get no budge from a mule." The young jockey is best over the fences … Do you hear me, J.? My key isn't the same as yours. God knows where S. hid his.' J. was suddenly afraid that it had been picked from his pocket by now somewhere on the Isle of Man. Bad cess to those women anyway, always watching, coveting what's not theirs. Two thoughts handcuffed themselves together in J.'s mind: that he should tell the officer about the blonde woman, and (this is the one he spoke aloud) to call S. in the Isle of Man and tell him to send back the key by registered post on the next plane. J. had no intention of waiting till the key came to let him out, but was anxious that the key be safe. Who knows—if S. couldn't carry

Nollaig í, ná nach athrú rialtais atá ann, le go mbeadh daoine ag dul as a gcranna cumhachta mar sin . . . Ag fiafrú a bhí Mrs J. an dtiúrfa sí do bhriocfasta isteach agat, nó ar gaire mar lón leat páipéar leamhan-ite? Caithfe mé rá léi nach mór dom m'uachtarán a cheadú ar cuí briocfasta a thabhairt isteach i roinn . . . Sea, déarfa mé léi glaoch aríst faoi cheann leathuaire.' Rinne sé ann is cosúil agus bhí sé ar ais ag tóin eile an fheadáin faoi cheann nóiméid: '. . . Ach mara raibh cén chaoi a ndearna tú ciseach mar sin ort féin? Eochair a bhrise i nglas! Is minic dhá rá mé: Níor mhór do dhuine a bheith taithíthe ar an obair seo ón a óige. Múille agatsa í mar bhí an iomarca aoise agat ag teacht isteach. "Nuair a chríonas an tslat," ní chuirfe sí broid i múille. An marcach óg i gcónaí le claidheachaí a shárú . . . An gcluin tú leat mé, a J.? Macasamhail na heochrach sin ní hí m'eochair féin í. Níl a fhios cár chuir S. a eochair féin i dtaisce.' Bhuail faitíos tobann J. gur sladtha as a phóca faoi seo a bhí sí i Manainn. Na mná sin, léanscrios orthu, bíonn a súile ag dul amach thar a gceann, thar a gcuid. Chua dhá smaoine i nglas in a chéile in intinn J.: go gcuirfeadh sé comhairle ar an oifigeach faoin mbean fhionn, ach ba é an darna smaoine ar chuir sé leagan cainte air: glaoch ar S. i Manainn agus rá leis an eochair a chur anall faoi shéala ar an gcéad eiteallán eile. Ní ag fanacht le go bhfuasclódh an eochair sin é a bhí J., ach le siúráilteacht a dhéanamh go mbeadh an eochair féin slán. Cá bhfios, mara bhféadadh S. an t-ordú sin a chomhlíona, nach ndéanfaí Sinsear de J. in a leaba. 'Níl fasach ar bith ann chuige sin,' adúirt an t-oifigeach. 'Fasach?' adúirt J. Chuala sé an focal go mion agus go minic cheana, ach níor thuig sé go barrainneach ariamh céard é féin mar thuigfeadh sé rial nó pearúl, comhad, lipéad nó meabhrán, eochair, corrógaí, mná fionna, lámha buineannach ag dul i bpóca do bhríste. 'Fasach, sea,' adúirt an t-oifigeach cléireachais. 'Níor chuala mé faoi aon fhasach ariamh agus dhá mbeadh fasach ann chloisfinn faoi. Tháinig mé anseo óg agus tá taithí na Státseirbhíse agam.

out that instruction, J. might be promoted in his place. 'There's no precedent for that,' said the officer. 'Precedent?' said J. He had often heard the word before, but he never quite understood it the way he understood what a rule or an injunction was, or a file, or label, or memorandum, or a key, hips, blondes, women's hands groping in your trouser pockets. 'Yes, precedent,' said the clerical officer. 'I've never heard of any precedent for such an eventuality and if there was a precedent, I would have heard of it. I started here when I was young and I know the Civil Service. I have to call the Office of Public Works. They're the Custodians of the Keys, the St Peters of the Civil Service. Petrus, rock ...' With all of the breathing through it, and the rush of talk, and the manhandling on both sides, it was possible to speak quite clearly through the keyhole. 'Hallo!' said the officer outside. 'Hallo! Clerical Officer. Paperkeeping. The Board of Public Works please ...' He was back at the keyhole again: 'What was the number on the broken key? ... There's no number on the shaft ... We don't know about the head except that we must assume it's in the hole here ... You don't know the number? Like I said before, there should be ... The Board of Public Works is responsible for hundreds of keys, thousands, even ...' He was at the door again: 'What number is the room? ... How would I know where the number is? ... It's none of my business. That's a matter for the Office of Public Works. One moment ... Hallo! Public Works! ... Look on the left-hand side above the door, J. You can't see any number there? ... You're the one who's supposed to be looking, J., not me. Do you know how to read at all? I've said it time and time again, there should be ... There must be a number there; if the Board of Public Works says there's a number there, then it must be there. If there wasn't ... scrape off the paint ... Now, madam, calm down! ... Hey J., there's a

Ní foláir dhom glaoch ar Bhord na nOibreacha Poiblí. Iadsan Caomhnóirí na nEochrachaí, Peadair na Stáitsheirbhíse. Petrus, cloch . . .' Bhí an poll sách análaithe, le forneart na cainte agus méirínteacht ón taobh istigh agus ón taobh amuigh, gurbh fhéidir labhairt thríd gan an iomarca anró. 'Hallo!' a bhí an cléireach ag rá taobh amuigh. 'Hallo! Oifigeach cléireachais, Páipéar-Choinneáil. Bord na nOibreacha Poiblí más é do thoil é . . .' Bhí sé ag an bpoll faoi cheann meandair: 'Cén uimhir a bhí ar an eochair bhriste? . . . Níl aon uimhir ar a lorga . . . Níl a fhios againn tada faoin mullach ach go gcaithfe muid a chur i gcás gurb é atá i bhfastós sa bpoll seo . . . Níl a fhios agat cén uimhir a bhí uirthi? Is cóir, adúirt mé ar ball . . . Tá cúram na gcéadta, na mílte eochair ar Bhord na nOibreacha Poiblí . . .' Bhí sé fillte ar an doras aríst: 'Cén uimhir atá ar an seomra? . . . Cén chaoi a mbeadh a fhios agamsa cá mbeadh an uimhir? Ní ceo ar bith de mo ghnatha é. Sin é cúram Oifig na nOibreacha Poiblí. Nóiméad . . . Hallo! Na hOibreacha Poiblí! . . . A J., féach ar thaobh na ciotóige os cionn an dorais. Ní fheiceann tú aon uimhir ann? . . . Ní mise atá ag breathnú ann, a J., ach thusa. An bhfuil tú i n-ann léamh chor ar bith? Is cóir, adúirt mé luath agus mall . . . Caithfe sé go bhfuil uimhir ann. Caithfe sé go bhfuil, mar dúirt Bord na nOibreacha Poiblí go mbeadh uimhir ann, mara mbeadh sí ann . . . scríob an phint ... Anois, a bhean chóir, cuibheas! . . . Hóra, a J., tá bean anseo agus deir sí gurb í Mrs J. í agus gur tháinig sí le do bhriocfasta. D'uireasa cead i scríbhinn ó uachtarán . . .' 'Cáil sé? . . . Istigh ansin atá tú, a J., a sheandhúda búba púba. An oíche ba shuaimhní a chaith mé ariamh. Tá mo chorrógaí cho haclaí is go gcuirfe siad an sean-doras sneách sin dhá lúdrachaí . . . Breá nach gcuireann tú féin dhá lúdrachaí mar sin é? . . . An bord ru! Tuairteáil an bord in a aghaidh ón taobh sin agus tuairteálfa mise bord eile in a aghaidh ón taobh seo. Ropfa mé le mo thóin é. Muic as a srón, bean as a tóin! Ara céard tá tusa a rá, a bhoilg leanna bulláin? . . . Ocras

woman here who says she's Mrs J. and that she has your break-
fast. In the absence of written permission from my superior …'
'Where is he? … Is it in there you are, J., my poor old cooch-
icoo? The best night's sleep I've ever had. My hips feel so good
they'll take that lice-ridden door off its hinges … Why don't you
do it then? … The desk, of course! Let you ram the table against
it from that side and I'll do the same on this side. I'll flatten it
with my arse. What a pig does with its snout, a woman can do
with her arse! Yera, what are you saying, you bullock's waters? …
Poor J. inside there, hungry and thirsty … Out of my way, you
heap of snot … What do I care, you slimeball, what the Board
of Public Works will do? What are you saying, J.? Put a pile of
those filthy papers against the door and set them on fire. See
how quick they let you out then … Yera, the devil take your
hooter of a runny nose, yourself and your police … What do
you mean, be patient, J.? Do you want to die of hunger and turn
into a big pile of paper inside there? So this fella could dip his
pen in his dripping nose and start writing a report on you with
his snot … So what about the job? Wouldn't you have my fine
friendly hips for company to ride as much as you like. Never
mind the job, J., you're coming out whether you like it or not as
soon as I break down this door. Do you hear them and their hal-
los? Guards! Damn ye …' Just then J. heard a fierce commotion
in the room outside, shouts and insults flying, swearing and
cursing, everyone wishing each other to hell. Through the up-
roar, J. could hear her: 'Ye pack of bastards, mind my hip! Ye
shower of gobshites, only God can separate me from my hus-
band, my lawful husband. The priest said we were the one flesh
although many's the time I wished there was a customs check-
point between J.'s withered bones and my poor old hip. Ye pack
of bastards, ye shower of shits. Up the IRA …' J.'s mouth was

agus tart ar J. bocht istigh … Fág mo bhealach, a phabhsae smaoise … Nach cuma liomsa, a ronnach de smaois, céard a dhéanfas Bord na nOibreacha Poiblí? Céard deir tú, a J.? Cuir na seanpháipéir bhréana sin fre chéile thrí lasa in éadan an dorais. Feicfe tú féin air go ligfear amach ansin thú … Ara ag mac mór an diabhail go raibh do ghúgán de sheanshrón reatha, thú féin agus do chuid póilíos … Ara cén sórt foighid sin ort, a J.? An dúil a bheadh agat bás a fháil leis an ocras agus búrla mór páipéar a dhéanamh istigh ansin? Ansin thomfadh sé seo a pheann in a ghúgán mór de sheanshrón reatha agus thosódh sé ag scríobh, ag scríobh tuarascála ort len a chuid smaoise … Ara cén job? Nach mbeidh cairdeas agus carthanas mo chorróigesa agat, le bheith ropa leat i muinín do chroí agus do chruite. Job ná job anois é, a J., tiocfa tú amach in aghaidh do chos nuair a bhrisfeas mise an doras. An gcluin tú an *hallo*áil ru? Gardaí! T'anam cascartha …' Ag an bpointe seo chuala J. tuairteáil chiréibeach, ollghártha, maslaí, mionnaí, mionnaí móra mailíseach, cách ag tabhairt bronntanais a chéile d'Athair an Oilc, sa seomra amuigh. Thrí na caorthinte bruíne seo bhí J. ag cloisteáil: 'A phaca diabhal, mo chorróg! A phaca bastard, ní féidir ach le Dia mé a scara ó m'fhear, ó m'fhear dlisteanach. Dúirt béal an tsagairt gur aon fheoil amháin muid cé gur minic gurbh fhearr liom bearna custaim idir an tseanchabhail shníofa sin ag J. agus mo chorróg bhocht féin. A phaca bastard, a lospairt bhréan. Up the I.R.A. …' Bhí íota aríst i mbéal J. agus a liopaí ag séalú ar a chéile mar bheadh céir the ann. D'fhalamhaigh sé an chuid eile den chrúsca uisce. Tháinig glór an oifigeach cléireachais amuigh aríst: 'Flea cheoil! Tá sí curtha amach anois, an bhean seo atá ag toimhdean, ceart contráilte, gurbh aon fheoil dhleathach leat í … bhuel, dlisteanach mar sin. Ach tá soláthar' — cnoc eile nár fhéad intinn … a dhul ní b'fhaide anonn air ná an leiceann sceirdiúil a bhí as a chomhair taobh abhus ba ea *soláthar* — 'déanta agam i gcoinne a cuid foréigin agus báirsíocht feasta. Níl

parched, his lips sticking together like hot wax. He gulped down what was left in the water jug. He heard the clerical officer's voice outside again: 'Happy days! They've put her out, this woman who claims, rightly or wrongly, that she and you are one lawful flesh ... okay then, legitimate. But I have made provision'— another mountain of a word that J.'s mind could only climb as far as the exposed ledge in front of him—'for her violence and bitching from here on in. Begging your pardon, I can't help my language at this crucial moment in the glorious history of this office. Just because you're legally joined together in body doesn't mean I should believe that you and she are the same in every detail. The Guards will deal with the situation from here on in ...' 'But do you mind me asking, sir, when I will be let out of here?' J. asked politely. 'Let out? I can't make any immediate arrangements in the matter. It is now in the hands of the Board of Public Works, and that is a considerable step forward. I would go so far as to say that it represents *the* step forward. It was passed on through the appropriate channels from me to the staff officer, from him to the administrative officer, to the assistant principal officer and then to the principal officer and unusually—a new precedent—to the assistant secretary. How's that for progress! The assistant secretary deferred the matter, quite properly, to the Board of Public Works since there was no key and no right way of ...' 'How long will it take the Board to get here, sir?' 'I can't answer that question. The matter is out of my hands, out of the hands of this section. I would go so far as to say that it is out of the hands of this department. A matter cannot be taken out of the hands of a particular department unless it is passed on to some other person or party.' In J.'s mind, the idea of matters-in-hand was like trying to pick up mercury with his fingers. God be with the good old days—he could understand what it meant to

neart agam ar mo chuid focla ar an nóiméad priaclach seo i stair onórach na hoifige seo, glacaim pardún agat. Ní hionann sin is más aon fheoil dhleathach amháin sibh go samhalaím go bhfuil na tréartha céanna comhchoitianta ar fud an aonaid fheola seo uile go léir. Féachfa na Gardaí chuige feasta . . .' 'Ach ar mhiste dhom a fhiafrú dhíot, a dhuine uasail, cén uair a shaorfar as seo mé?' adúirt J. go tláth. 'Thú a shaora as sin? Ní féidir liom aon tsocrú a dhéanamh láthaireach chuige sin. Tá sé idir lámha ag Bord na nOibreacha Poiblí faoi seo agus is céim mhór chun cinn é sin. Féadaim a rá gurb é *an* chéim chun cinn é. Chua sé uaimse go hiomchuí go dtí an t-oifigeach foirne, uaidhsean go dtí oifigeach riaracháin, go dtí leasphríomh, go dtí príomh-oifigeach, agus rud neamhghnách—fasach feasta—go dtí leas-rúnaí. Mararb shin dul ar aghaidh! Chuir an leasrúnaí an cúram cuí ar Bhord na nOibreacha Poiblí ó tharla gan aon eochair ná aon deis fhreagrach . . .' 'Cén uair a thiocfas an Bord, a dhuine uasail?' 'Ní féidir liomsa an cheist sin a fhreagairt. Tá an scéal as mo lámhasa, as lámha na rannóige seo, as lámha na roinne seo, féadaim a rá. Ní féidir scéal a chur as lámha roinne gan é a chur idir lámha duine nó comhlacht eicínt eile.' Beart a bheith idir lámha ba shin cnapán airgead beo nach raibh J. i riocht a cheaptha len a dhá láimh féin. Céad slán don tseantsaol, thuigfeadh sé bean a bheith idir lámha, ach chaithfeadh sé gan a bheith ag cuimhniú ar rudaí mar sin. Níor fhan de smaoine aige ach: 'Ach, a dhuine uasail, nach cuid den roinn seo an seomra seo?' 'De bharr an chinne chuí atáthar tar éis a dhéanamh agus chun críocha an cháis seo is de chúram Bhord na nOibreacha Poiblí go sealadach an seomra sin, is é sin go tóranta chun críche an dorais sin a oscailt, agus is féidir féachaint air mar sheomra ar cuid den fhoirgneamh seo de réir léargais é, ach chun críocha Stáitsheirbhíse de thuras na huaire ar cuid de Bhord na nOibreacha Poiblí é, gan dochar do dhlínse na Roinne i dtaobh cead isteach ón taobh amuigh go dtí é agus cearta dlínse eile,

take a woman in hand, but he couldn't allow himself to dwell on such things. The only thing he could think to say was: 'But isn't this room part of the department, sir?' 'As a result of a proper decision having been taken, and, for present purposes only, that room is temporarily the responsibility of the Board of Public Works, that is to say, in a limited sense only and for the purposes of opening the door; the room can therefore be seen as physically a part of this building, but, for the purposes of the Civil Service in this instance, a part of the Board of Public Works, without prejudice to the jurisdiction of the Department in respect of rights of entry from without and other statutory rights that are reserved by this department and that cannot be transferred without several acts and orders being repealed. The Board of Public Works will have no entitlement to rent or rates as a result of its temporary possession of the room for the aforementioned purpose, and you yourself will be subject to neither rent nor rates. There is no precedent for such …' 'Sir, I'm parched with the thirst and famished with the hunger. I need to go again soon, sir, and this time I'm thinking it's a major operation.' The pub-talk of the old days was shuffling around in J.'s mind, unbeknownst to him and in spite of him. 'As you know, these matters have nothing to do with the protocols of the Civil Service. As a fellow human being, if I can distinguish between my existence as a human being and my responsibilities as a Civil Servant, you have my sympathy. I regret, as things stand, that I can do nothing except fulfil my duties here as a Cú Chulainn of the State. *En passant*, I must point out to you that, in my opinion, as a human being—and this is not an official decision—in your present circumstances, you have ceased, for the time being, if you follow me, to be an acting civil servant …' J.'s blood was a whirlpool, a donnybrook … 'It requires an act of violence to break down a

cearta atá arna bhforchoimeád ag an roinn seo agus atá do-aistrithe gan aisghairm a dhéanamh ar a lán achtannaí agus ordaithe. Ní bheidh dliteanas ar bith i dtaobh cíos ná rátaí ar Bhord na nOibreacha Poiblí de bharr a seilbhe sealadaí agus chun na críche áirid réamhráite ar an seomra, ná ní bheidh dliteanas ar bith i dtaobh cíos ná rátaí ortsa. Níl aon fhasach ann chuige . . .' 'A dhuine uasail, tá mé stiúctha leis an ocras agus spalptha leis an tart. Tá m'ócáide ag teanna liom aríst, a dhuine uasail. Níl mé cinnte nach gcaithfe mé majoráil an babhta seo.' Ba shin í caint na dtithe ósta a bhí ag tointeáil aniar ón seanreacht in intinn J. i ngan fhios dó agus dhá bhuíochas. 'Ní nithe iad sin, mar tá a fhios agat, a bhfuil baint ar bith acu le bun-nós na Státsheirbhíse. Mar dhuine daonna, le mo dhuiniúlacht a chur i gcás idirdhealaithe ó mo Státsheirbhíseacht, mar adéarfá, tá bá agam leat. Is dona liom agus an cás mar tá nach dtig liom faice a dhéanamh ach friotháil mo dhualgais anseo mar Chú Chulainneach an Státa. *En passant*, ní miste dhom a mheabharú dhuit gurb é mo bharúil mar dhuine, ach ní cinne oifigiúil é sin, go bhfuil tusa, de bharr chúrsaí an cháis, tar éis scoire de bheith de thuras na huaire, a dtuigeann tú, de bheith i do státsheirbhíseach feidhmeach . . .' In a coire chuairdill, in a ciréib aonaigh a bhí fuil J. fre chéile . . . 'Caithfear doras Státsheirbhíse a bhrise le foréigean agus níl de cheart ag aon duine ná aon chomhlacht corparaithe é sin a dhéanamh, ach ag Bord na nOibreacha Poiblí. Agus nuair a dhéanfas siadsan beart údaraithe a dtiúrfaí foréigean neamhdhleathach air agus mise nó thusa dhá dhéanamh, ní foréigean feasta é ach beart cuí . . . níl a fhios agam, a dhuine chóir, cén uair a dhéanfas siad é, nó cén chaoi, ach ní foláir a chreidiúint gur i dtráth agus ar shlí chuí a dhéanfas siad an beart a dhéanfas siad.' B'éigean do J. suí ar an gcathaoir. Ní raibh sé de theacht aniar ann é féin a choinneáil le poll an ghlais ní b'fhaide. Chaith sé an-fhada mar sin idir a cholla agus a dhúiseacht, idir a bheo agus a

Civil Service door and no individual and no corporate entity has the right to do that, except the Board of Public Works. And when they perform an authorised operation that would be termed an illegal act of violence if perpetrated by you or me, it is no longer a violent act but an appropriate intervention ... I don't know, my good man, when they will do it, or how, but one must presume that they will do what they will do in due course and in the appropriate fashion.' J. had to sit down on the chair. He hadn't the strength to stand by the keyhole any longer. He stayed like that a long time, half asleep, half awake, half dead, and half alive, he thought from time to time. Someone knocked at the door, almost as politely as J. did whenever he had to go in to S.: 'I'm the man from the Board of Public Works ... What number was on the key? ... Do you know who or where they got it from or when the lock was put on the door? ... What number is the room? ... I can't find anything in this file unless I have the details to guide me ... I'll respond to this memo and send it on to my supervisor.' J. recognised the particular tone of the man's voice: that was exactly how the clerical officer had spoken when he said that J.'s situation had been handed over to the Board of Public Works, that it was a step forward, *the* step forward. His case was gathering momentum now, climbing up as far as the supervisor. J. sat down again. He had lost all track of time. The phone rang. He gripped it tightly with shaking hands: 'A call for you, Mr J. ... and please tell your wife to stop abusing me. There's nothing I can do. I only look after the switchboard ...' God Almighty! It was a good omen to get a phone call. A whirlpool of blood surged into his ears. J. felt as if there was a woman materialising through the receiver: skin, bone, flesh, hips and all: 'You're not even half a man. You're nothing. I've told you before. Giving in to them snotty bastards. Throw every

mharbh a smaoiníodh sé uaireantaí. Cnagadh an doras, ionann's cho múinte is níodh sé féin ag dul amach go dtí S.: 'Fear ó Bhord na nOibreacha Poiblí . . . Cén uimhir a bhí ar an eochair? . . . An bhfuil a fhios agat cé uaidh ar fritheadh í, nó cén uair ar cuireadh an glas sin ar an doras? . . . Cén uimhir atá ar an seomra? . . . Ní féidir aon cheo a aimsiú sa gcomhad seo agam gan mioneolas le mé a threorú . . . Freagró mé an memo seo agus cuirfe mé ag an maoirseoir é.' D'aithin J. an airín airid a bhain leis an nglór sin: mar sin go díreach adúirt an t-oifigeach cléireachais go raibh cás J. gaibhte cho fada le Bord na nOibreacha Poiblí, go mba chéim chun cinn é sin, go mba é *an* chéim chun cinn é. Bhí an cás anois agus saothar ann ag strapadóireacht suas go dtí maoirseoir. Shuigh J. aríst. Ní raibh féith ná comhaire fanta ann anois i dtaobh imeacht ama. Bhain an guthán. D'fhastaigh go crith-ghéagach céalmhaineach é: 'Mr J. . . . Glao gutháin duit . . . agus abair le do bhean, más é do thoil é, ligean dá cuid báirseoireacht liomsa. Níl neart ar bith agamsa ar thada. Is é m'aon chúramsa an malartán guthán seo . . .' A Dhia dhá tharrtháil! Ba dheach-éalmhain é sin ann féin go dtiocfadh glao gutháin chuige. Bhrúcht coire chuairdill a chuid fola ar fad go dtí a chluais. Shíl J. go raibh bean idir chorp, chleite, sciathán agus chorróg ag teacht chuige amach as an nglacadán: 'Ní leathdhuine féin thú. Is neamhdhuine thú. Ní hé an chéad uair ráite agam é. Ag géilliúint do na bastaird smaois-ghalánta. Caith a bhfuil d'almóirí luchtaithe istigh ansin in aghaidh an dorais agus déanfa siad smúdar dhe. Ní bheidh tú i n-ann é a dhéanamh gan mórán achair. Tiúrfa mise an scéala do na páipéir, don Easpag. Scoilteachaí mo chuid cnámh, mallacht chráite mo chorróige ar an mbitseach de bhean ghuthán sin—' Rinne an líne glogar . . . Faoi cheann nóiméad bhain an guthán. Bhí sé ag baint inniu cho minic is bhíodh ceann S. 'Mr J. . . . Bord na nOibreacha Poiblí . . . Maoirseoir a naoi anseo. Cén uimhir í an eochair? . . . Cáid istigh an glas? An bhfuil barúil agat cén bhliain

top-heavy filing cabinet in the place against the door and make flitters of it. If you wait much longer, you won't have the strength to do it. I'll get on to the papers, and the Bishop. May that bitch on the switchboard get my rheumatism, and my bad hip—' The line went dead … A minute later, the telephone rang again. Today it was ringing as often as S.'s. 'Mr J. … The Board of Public Works … Supervisor number nine here. What number is the key? … How long has the lock been there? Have you any idea of the year, even? … The room number? All I can do is send a memo to Supervisor Number Eleven.' Slowly but surely, his situation was climbing onwards and upwards. But even the sun was slow to rise sometimes. J. had to go to the toilet again. He thought of using the jug but the jug belonged to the Civil Service in a way that the floor didn't. The jug could be moved about like a file or a memorandum. He was in mid-flow when the phone rang. Oh, my God, would it ever stop ringing! 'Is that you, Mr J. … *The Little Irelander* here. Our sources tell us you're locked in. Will you do an interview with me? If we don't make the evening edition, we'll put it—' J. informed him that no one could get in or out of the room. He was thinking on his feet, trying to find a good excuse for not talking. The voice on the other end became smooth as new milk from a cow's teat: 'But you can answer my questions right now on the phone.' J. nearly dropped the receiver. But paperkeepers were honour bound to be civil. And yet, the first commandment of the Civil Service was: 'For the benefit of the State and your own peace of mind, never answer a question about yourself, your work, the Civil Service, no matter who asks, but especially a journalist.' But the reporter coaxed information from him as gently and skilfully as a woman coaxing milk from a cow: that he had been locked in all night with nothing to eat. He came to his senses all of a sud-

féin? . . . Uimhir an tseomra? Is é a bhféadfa mé a dhéanamh an memo seo a chur go dtí Maoirseoir a haon déag.' Bhí an cás ag strapadóireacht leis, má ba roighin féin uaidh é. Ach ba roighin ón ngrian strapadóireacht scaití freisin. B'éigean do J. an mhísc a dhéanamh aríst. Chuimhnigh sé ar an gcrúsca ach den Stáitsheirbhís an crúsca ar chaoi nárbh ea an t-urlár. Chorródh an crúsca timpeall ar nós comhaid nó meabhráin. I lár a chruóige bhain an guthán, a liacht baint, a thiarna thiarna! 'Tusa Mr J. . . . an t*Éireannachán* anseo. hInsíodh dúinn go raibh tú faoi ghlas i seomra. An bhféadfainn agallamh a chur ort? Mara mbéara sé ar pháipéar an tráthnóna cuirfe muid—' Chuir J. in iúl nárbh fhéidir a theacht isteach ná amach sa seomra. Amhábhar smaoine a bhí sa méid sin, iarracht ar ghúshnáth a chur faoi leiscéal toist. De phreib thál an glacadán cho síodúil le sine bó anall chuige: 'Ach féadfa tú mo chuid ceisteannaí a fhreagairt anois féin ar an nguthán.' Fhobair do J. an glacadán a leagan uaidh. Ach bhí sé de gheasa ar pháipéar-choinneálaí a bheith múinte. Mar sin féin ba é an chéad chloch ar phaidrín na Stáitsheirbhíse: 'Ar mhaith le leas an Státa agus do shuaimhneas intinne féin ná freagair ceist ar bith fút féin, faoi do chuid oibre, faoin Stáitsheirbhís, d'aon duine, ach thar dhuine ar bith d'fhear páipéar.' Ach bhréag mo dhuine cupla rud uaidh cho lách stuama is bhréagas bean bhleáin an bainne as an tsine: go raibh sé faoi ghlas ansin ar feadh na hoíche agus nach raibh tada ite aige. Ghoin a aire é agus dhá dteadh a cheann ar an gceap ní dhéarfadh sé ní ba mhó. Bhí an bruileachán ag buala J. aríst. Ba ghaineamh bruite é ó liopa go goile. Striog ní raibh sa gcrúsca. Chuir J. ar a chorr é le go gcruinneodh aon bhraon a bheadh fanta ann ar a thóin. D'ardaigh ar a bhéal é. Baineann an guthán. Sháraigh seo S. an lá ba mhó glaonnaí é! Maoirseoir a haon déag a bhí ann. Ní raibh aon eolas barrainneach faoin eochair. Ó tharla narbh fhéidir an eochair dhearfa a fháil chaithfí crobhainneachaí móra eochrachaí, síoraíocht acu, a fhéachaint,

den and would give no more information, even if his life de-
pended on it. He was sweating again. He felt as dry as hot sand
from his lips to his belly and not a drop left in the jug. He tilted
it to one side to try and gather whatever few drops were left and
then raised it to his mouth. The telephone rang. He was getting
more calls than S. the busiest day he ever had. It was Number
Eleven. He had no precise details concerning the key. Since they
couldn't get the original one they would have to try whole
bunches of them, an eternity of keys, and there might be a slight
delay since every key in every single key-room would have to be
acquired, requested and acknowledged in the appropriate fash-
ion. The same diligent care would be required for this operation
as finding a single flea in a barrel of fleas. To hell with him and
his fleas, J. was itching all over again! They'd hardly get the job
done before dinner. But they'd be back by half two, three, any-
way, and they should have got as far as the door by four at the
very latest … Things were slowing down, as per usual. Although
he was not very experienced in the ways of the Civil Service, J.
knew there was an unwritten rule that nothing should ever be
done in a hurry. This putting things on the long finger, or, in-
deed, not doing them at all was a defence mechanism, a guaran-
tee that things would be done properly, eventually. Not to do
something at all was to ensure that it was not done incorrectly.
That made sense. A lot of sense. It used to be said that the hu-
man element, and even the weather, could not be discounted in
the work of the Civil Service. If a memo was written on an over-
cast day, it was usually held back until a fine day for revision and
correction. There would at least be a flicker of hope in that par-
ticular version. But then that version might be considered exces-
sively optimistic, so the gloomiest person in the office would be
set to work, and still the matter would have to be deferred. J.

agus b'fhéidir go mbeadh moill bheag ó nárbh fholáir eochair gach eochairlainne ar leith a fháil, iarratas a dhéanamh orthu agus admháil chuí a thabhairt. Níor mhór an tuineantacht chéanna leis an saothar seo is ba chall le dreancaide amháin a thastú i ngabhainn dhreancaidí. Marbhfáisc ar a chuid dreancaidí aige, bhí rabharta tochais ar ais ar J.! Níor mhóide don tsaothar a bheith i gcrích roimh am dinnéir. Ach bheidís ar ais ag leathuair tar éis a dó nó as sin go dtí an trí agus ba chóir go mbeidís cho fada leis an doras taca an ceathair ar a dheireanaí . . . Bhí sé ag dul i bhfadscéil mar ba dhual. Dhá laghad a thaithí ar an Stáitsheirbhís thuig J. gur rial neamhscríofa inti gan dlús a chur go brách le rud. Ba chosaint ann féin sin agus bannaí gurbh é an ceart a dhéanfaí sa deire rud a ligean i bhfadscéil, fiú é a fhágáil gan déanamh. B'ionann rud a fhágáil gan déanamh agus nach ndéanfaí rud contráilte. Bhí réasún leis. Agus réasún mór. Deirtí nárbh fhéidir cúrsaí daonna ar fad, ná fiú cúrsaí aimsire, a fhágáil as an áireamh sa Stáitsheirbhís. An meamram a scríobhfaí lá duairc b'iondúil é choinneáil siar go dtí lá gréine le athscrúdú a dhéanamh air agus é a leasú. B'iondúil smearachán den dóchas a bheith sa leagan áirid sin dhe. Ansin cheapfaí go mb'fhéidir dó a bheith rodhóchasach agus chuirfí an té ba duaircmhéiní san oifig ag gabháil dó, ach níor bhfoláir fós é chur ar cairde. Mar sin níor mhothaigh J. go raibh aon údar clamhsáin aige go ndéanfaí air féin rud a chreid sé féin go daingean agus ar dhóigh go mbíodh sé féin rannpháirteach ann chuile lá dhá n-éiríodh ar an Stáitsheirbhís. An guthán aríst! Cé mhéad ceann é sin anois? Ní ba mhó ar aon chor ná tháinig chuig S. ariamh. A shagart paráiste. Dar fia! B'aisteach iad bealaí na Stáitsheirbhíse, adúirt an sagart. Chuir J. an leathbhróig eile leis an méid sin: ar nós bealaí Dé. Bhí an sagart i ndiaidh blaoch ar Theachtaí, fiú ar Airí, agus é ag súil le tora pointe ar bith. Bhí a fhios aige go raibh an neart spriodáilte i J. le cor i bhfad ní ba chruaí ná é seo a shárú. Ar fhiafrú do J. a raibh a phosta ina

felt, therefore, he could hardly complain when what was hap-
pening to him was something he believed in and, in all likeli-
hood, participated in every day in the Civil Service. The phone
was ringing again. How many times was that? More than S. ever
got anyway. It was the parish priest. Who'd have thought it? The
ways of the Civil Service were strange, the priest said. J. had a
ready-made response—like the ways of God. The priest had
phoned TDs, Ministers, even, and was expecting a result with-
out delay. He was confident that J. had the necessary spiritual re-
solve to endure greater tribulations than this. When J. asked if
his position as a paperkeeper was safe, he answered that he
would see to it and that he could rest assured on that count. Mrs
J. could hardly be blamed for being a little out of sorts and tell-
ing anyone who would listen that all she wanted was to have J.
back home. It didn't require much effort on J.'s part to imagine
what his Old One had actually said: that it would be a great
comfort to have him back in the bed beside her practising for
the Civil Service sports on her hips. The clerical officer spoke to
him again, on the telephone this time. That he should contact J.
by telephone was a promotion in itself. It was quarter to four.
Why had J. given an interview to a newspaper? A stop-press edi-
tion had been printed. A scandal in the public service, a service
the general public thought of as efficient and considerate. The
story had already travelled the length and breadth of the coun-
try. The English papers would have it tomorrow. The Opposi-
tion would exploit it. And the Six Counties. It was no use J.
muttering that any damage to the Service was like a wound on
his own body. For all the talk of scandal, J. couldn't conceal his
desperate need: 'A drop of water on my tongue. Even a single
drop ...' 'How do you propose that we do that? ... Stick a fun-
nel through a jammed keyhole! ... Nurses have instruments for

pháipéar-choinneálaí slán dúirt sé go bhféachfaí chuige sin agus
go mbeadh go cinnte. Níor mhilleán ar Mhrs J. í bheith buille
beag neamúch agus ag rá le cách nach raibh de shólás uaithi ach
J. a bheith ar ais sa mbaile. Níor stróbh ar J. buntéacs cainte a
Shean-Cheann a athdhéanamh: é bheith de shólás aici J. a
bheith ar ais sa leaba aici agus ag cleachta le haghaidh cleasa lúth
na Stáitsheirbhíse ar a corróg. Ghlaoigh an t-oifigeach
cléireachais, ar an nguthán an babhta seo. Ardú gradaim do J. an
t-oifigeach cléireachais a bheith ag glaoch ar an nguthán air.
Ceathrú don ceathair a bhí sé. Cén fáth ar thug J. agallamh do
pháipéar nuaíocht? Bhí stadchló amuigh. Scanail sa tseirbhís
phoiblí, seirbhís a raibh cáil na héifeacht agus na cneastacht
uirthi ag an bpobal. Bhí an scéal anois ar fud na hÉireann.
Bheadh sé ag páipéir Shasana amáireach. Bhainfeadh an Freasúra
leas as. Agus na Sé Chondae. Níor ghar do J. mungailt gur chneá
in a bhaill bheatha féin aon chneá ar an tSeirbhís. Ach scanail ná
eile, ní raibh J. i riocht mian a threascaraithe a cheilt: 'Braoinín
uisce le cur ar mo theanga. Aon bhraoinín amháin ...' 'Cén
chaoi? ... Fóiséad thrí pholl glais atá calcaithe! ... Tá deis ag
banaltraí le plé le othair a bheadh ceangalaithe in a gcolainn ...
Ní banaltra mise ná ní de Bhord na nOibreacha Poiblí mé. Bhí
leasrúnaí go pearsanta ag an doras ar ball. Ba shin fasach. Chuir
an leasrúnaí a chuid spéacláirí air agus scrúdaigh an glas ach *bien
entendu* ba chúram é do Bhord na nOibreacha Poiblí ...' Níor
airigh J. an leasrúnaí ag an doras. Chaithfeadh sé a chreidiúint
go raibh leasrúnaí ag an doras, gur chuir leasrúnaí an chomaoin
sin air ... Chaithfí creidiúint gan feiceáil ná cloisteáil a fháil ar
rud, sa Stáitsheirbhís. Gníomh creidimh a bhí sa Stáitsheirbhís
agus dá réir sin i ngach stáitsheirbhíseach ... 'Ní fhéadfainn
deifiriú le Bord na nOibreacha Poiblí. Ar a láimh féin atá.
Caithfe tú a thuiscint, a J., nach é an t-aon chúram atá orthu
glas stalcach a réiteach. Is iomaí cúram ar Bhord na nOibreacha
Poiblí. Bearnaí a oscailt. Bearnaí a dhúna. Troscán a chur i ranna

relieving patients that are constipated ... I'm not a nurse and I'm not from the Board of Public Works. An assistant secretary came to the door in person a while ago. That was a first. He put on his glasses and examined the lock, but, *bien entendu*, declared it a matter for the Board of Public Works ...' J. hadn't heard the assistant secretary at the door. Nonetheless, he had to take it on trust that he had been there, that he had gone to such lengths for his sake ... In the Civil Service, one had to believe certain things without seeing or hearing them. The Civil Service itself was an act of faith, as indeed, was every civil servant. 'I can't hurry the Board of Public Works. It's up to them. You must appreciate, J., that they have other responsibilities besides opening jammed locks. Their responsibilities are considerable. Opening gaps. Closing gaps. Putting furniture into new offices and sections that are born to the Service every day. Providing a new desk for the Minister's office. Replacing the doors of the State prison that were broken by the political prisoners during a riot. They would have to give priority to the prison doors over all other locks and keys. And there are other jammed locks, hundreds of them, perhaps, throughout the Service ... The Board of Public Works are unlikely to be here before half past four ... Yes, J., I do realise that that is very close to closing time ... I don't know whether or not any provision has been made for such an eventuality ... I've never heard of a civil servant breaking a key inside a lock before. If there were a precedent, but since there isn't ... Keep moving your tongue; that will moisten it for you ...' J. decided to do something drastic. He lifted the receiver and called the girl on the switchboard. 'Number, please.' 'The Archbishop.' 'The Catholic Archbishop? Do you know his number? ... I'll be finishing my shift here in a couple of minutes ... There you go ... You're through now.' He was through to the Archbishop's Resi-

agus i rannógaí nua atá dhá saolú sa tSeirbhís chuile lá. Bord nua oifige a sholáthar don Aire. Na doirse a bhris na príosúnaigh polaitíocht ceannairceach i bpríosún an Státa a athchur. Ag doirse an phríosúin sin a bheadh tosaíocht ar ghlais agus ar eochrachaí eile. Agus tá glais stalcach eile, na céadta acu b'fhéidir, ar fud na Seirbhíse ... Drochsheans do Bhord na nOibreacha Poiblí a bheith anseo roimh leathuair tar éis an ceathair ... Amhdaím, a J., go mbeidh sin ceachrach go leor d'am scoirthe ... Níl a fhios agam an bhfuil soláthar ar bith le haghaidh cáis den tsórt seo, nó nach bhfuil. Níor chuala mé gur bhris duine sa Stáitsheirbhís eochair taobh istigh i nglas ariamh cheana. Dhá mbeadh fasach ann, ach nuair nach bhfuil ... Coinnigh do theanga aclaithe i do bhéal agus fágfa sin tais í ...' Chuir J. roimhe rud tromchúiseach a dhéanamh. D'ardaigh an glacadán agus *hallo*áil sé an cailín. 'Uimhir, más é do thoil é.' 'An tArd-Easpag.' 'An tArd-Easpag Caitiliceach? An bhfuil a fhios agat cén uimhir atá aige? ... Beidh mise ag scoire de mo chuid oibre faoi cheann nóiméid ... Seo é é ... Sin chugat.' Ba é Áras an Ard-Easpaig é, ach sa Róimh a bhí sé féin. Chuala siad faoin gcás agus bhí siad ar a mine ghéire. Bhí na mná rialta uilig ag guidhe dó. Fhobair do Mhrs J. an Pálás a leagan le eith ruibhe mionnaí móra. Ach níor mhilleán uirthi ... Ba leath maitheasa orthu a Ghrás a bheith sa mbaile, ach ní bheadh go hAoine. Ghlaoifidís ní ba dheireanaí. Le cúnamh Dé ... Ba ghaire cabhair Dé ná an doras ... Níor chuimhnigh J. go mbeadh an guthán scoirthe. Tháinig an t-oifigeach cléireachais, oifigeach feidhmiúcháin agus leasrúnaí taobh amuigh ag an doras. 'Tá muid ag iarra beala a chur faoi na hioscadaí ag na hOibreacha Poiblí,' adúirt an leasrúnaí. 'Beala ... ioscadaí ... Beala ... ioscadaí,' adúirt J. in a dhiaidh gan cuimhniú céard a bhí sé a rá. Bhí an leasrúnaí ag caint fós: 'Tá éirithe liom, sílim, iad a choinneáil thar am scoirthe. Beidh siad anseo. Slán leat anois. Beidh mé ar ais.' Ba é ar thuig J. go raibh an leasrúnaí ag

MÁIRTÍN Ó CADHAIN   *The Key*

dence but His Grace was in Rome. They had been advised of his situation and were monitoring it closely. The nuns were praying for him. Mrs J. had nearly demolished the Palace with a furious shower of curses. She could hardly be blamed ... It would be a great comfort to everyone if His Grace were at home, but he wasn't due back until Friday. They would telephone him later. With the help of God ... God's help was always at hand ... It hadn't occurred to J. that the telephone would be cut off. The clerical officer came back to the door with the executive officer and the assistant secretary. 'We're trying to get the Board of Public Works to put the skids on,' said the assistant secretary. 'Skids ... on ...,' J. repeated after him without thinking. The assistant secretary was still speaking: 'I think I've got them to agree to stay on after hours. They'll be here presently. Goodbye now. I'll be back later.' J. got the message: the assistant secretary was going for his tea, or a pint, maybe, two pints, even, to the corner pub. He had gone in to the corner pub himself after work last Christmas Eve but as soon as he saw the assistant secretary leaning against the counter, he turned around and left. Who knows what the assistant secretary might have thought if he happened to bump into him with a belly full of porter? That J. might be selling files, memoranda, white papers? J. had heard of a paper-keeper who swiped from a Minister's desk an advance copy of a Government white paper on restricting the migration of swallows, sold it to those parties who were agitating for its amendment, and had his ill-gotten gains stolen from his breast pocket by a woman in a public house. The assistant secretary was gone. Tea. Porter. Water. Any liquid at all. Just the tip of a pin's worth of something wet on his tongue. He went to get the jug. His legs made their own protest, getting in each other's way, out of control. He had often had too much to drink but his legs had never

85

imeacht, chuig a chuid tae b'fhéidir, nó le haghaidh pionta pórt-
air, dhá phionta féin, ag teach an choirnéil. Chua sé féin isteach
i dteach an choirnéil ar scoire dhó oíche Nollag seo caite, ach
nuair a chonaic sé an leasrúnaí feistithe ag an gcúntar bhailigh
leis. Cá bhfios cé air a gcuimhneodh an leasrúnaí? Go ndíolfadh
sé féin comhad, meabhrán, páipéar bán dhá gcastaí in a bhealach
é ar bholg pórtair. Chuala J. scéal faoi pháipéar-choinneálaí a
thapaigh ar bhord Aire réamhchóip de pháipéar bán an Rialtais
ar choisce imirce fáinleogaí, a dhíol é le lucht leasa dílsithe, agus
ar ghoid bean i dteach ósta a luach as póca a ascalla. Bhí an leas-
rúnaí imithe. Tae. Pórtar. Uisce. Lacht ar bith. Oiread barr
pointín bioráin a dhul ar a theanga dhe. Rinne sé anonn ar an
gcrúsca. Bhí a chosa in a n-arm ceannairceach ag dul thar a
chéile agus gan iad gafach len a thoil. Ba mhinic braon ólta
ariamh aige ach ní sa gcaoi sin ba chuimhneach leis na cosa a
bheith neamhghéilliúnach. Chuir sé an crúsca ar a bhéal. Bhí
fraighleachas beag eicínt ag silt as, ach ó nach raibh a lámha
gafach len a thoil ach oiread, síos ar a smig a chua sé. Chuimil a
mhéir, nach raibh toilghéilliúnach ach oiread le rud, síos ar
thaobh istigh an chrúsca agus ansin d'fhéach len a leagan ar an
maiste de theanga a bhí in a bhéal … Idir a cholla agus a
dhúiseacht, mothú agus neamothú, gheit sé. Phreab a chroí. Ba
sheo iad iad ag buala ag an doras. 'Mise … Pádraig a Breille, do
Theachta Dála. Nach n-aithníonn tú mé, fear Fhine Fáil? Beidh
tú amuigh as an bprochóg ghránna seo faoi cheann uair an
chloig, cuid is lú ná sin … Is feallnáireach an rud é seo. Ach is
maith an fáth: Aondearmad a Dheaide, ach ní raibh neart aige
air de réir chúrsaí na haimsire sin, gur fágadh brotainn Fhianna
Gael istigh in Oifig na nOibreacha Poiblí an tráth a ndeacha
muide in ar Rialtas. Sin daingean leo agus ó tá fhios acu gur ar
thaobh Fhine Fáil atá tú—' 'Ach níor dhúirt mise gur … ar
thaobh … áirid … a bhí mé … Níl sé … de chead ag stáit-
sheirbhíseach …' Ní raibh J. i riocht ní ba mhó a rá, ach thug sé

let him down in quite the same way before. He put the jug to his lips. There was some remnant of dampness trickling from it but his arms refused to do as they were told and it ended up running down his chin. Although his finger was no more obedient to his will than his arms and legs, he ran it along the inside of the jug, then placed it on his tongue that was dry as paper … He was half asleep, semi-conscious, when he came to with a start. His heart skipped a beat. They were knocking at the door. 'It's me … Patsy Fitzprick, your local TD. You know me well, I'm Fine Fáil? I'll have you out of that hole in less than an hour, sooner, if I can … It's a disgrace. But it's no wonder: the Boss made one mistake, understandable enough in the circumstances, when he left a shower of Fianna Gaelers in the Office of Public Works the time we went into Government. That gave them control and since they know you're Fine Fáil—' 'But I never said … which party … I was for … civil servants … are not permitted …' J. couldn't go on; every word from the other side hit him like a blow from a blade-bright sword. 'I can't believe that a man of your intelligence, who has learned the ways of the Civil Service would be a Fianna Gael man.' 'I didn't say—' That was as much as J. could manage. 'I'll be back.' He heard the footsteps retreating like the mercy of God, who couldn't open a Civil Service door … The door shook on its hinges! Someone had given it an almighty kick on the other side: 'Do you hear me in there, you eejit? There I was, sitting down to my tea. Do you hear me? … The phone rang. The Old Lady came in to me. "Supervisor N. wants you, A.," says she. "Supervisor N.," says I. "It's a strange time for Supervisor N. to call, while a man is having his tea." "Don't look at me," said the Old Lady, "but he says it's urgent, really urgent." "Bad luck to him anyway," says I. "Look here, boy," says N. "You'd better go down to where that clown is

faoi ndeara go raibh gach focal den chaint ón taobh amuigh in a bhéim chlaidhimh sholasghlain. 'Is iontas go deo liom gur ar thaobh Fhianna Gael a bheadh fear meabharach, fear a bhfuil foghlaim Stáitsheirbhíse air mar thusa.' 'Níor dhúirt mé—' Ba shin é clochneart J. 'Beidh mé ar ais.' Chuala J. an choiscéim ag féithiú uaidh mar bheadh cabhair Dé ann ar chinn sé Air doras Stáitsheirbhíse a chur dhe isteach … Chraith an doras ar a lúdrachaí! Maistín de chic a tugadh dó amuigh: 'An gcluin tú leat mé, a chodamáin sin istigh? I mo shuí síos ag mo chuid tae. An gcluin tú? … An fón ag baint. An Sean-Chailín ag teacht sa seomra. "An Maoirseoir N. atá dod iarra, a A.," adeir sí. "An Maoirseoir N.?" adeirimse. "Is aisteach an tráth don Mhaoirseoir N. a bheith ag glaoch agus fear i lár a chuid tae." "Níl a fhios sin agam," adeir an Sean-Chailín, "ach deir sé go bhfuil an-dlús leis, an-dlús go deo." "Nár ba hé amháin dó," adeirimse. "Feacha seo, a mhac," adeir N. "B'fhearr dhuit a dhul síos go dtí an áit a bhfuil an donán sin faoi ghlas ann, nár ba hé amháin dó," adeir N. "Nár ba hé amháin dó cheana," adeirimse, "Mo choinsias dúras. An gcluin tú leat mé?" "Ní túisce sa mbaile ó obair mé," adeir N., "ná bhí Ard-Mhaoirseoir na nGnathaí Dlúsúil ag glaoch. 'Leasrúnaí na nOibreacha,' adeir Gnathaí Dlúsúil, 'a raibh an pruislín de theachta sin Pádraig a Breille in a dhiaidh.'" … Níl aon Phádraig a Breille anseo amuigh, adeirim leat. B'fhéidir gurbh shin é a casadh liom ag teacht isteach dom. "'Fág go dtí amáireach é. Breathnó mé in a dhiaidh an chéad mhaith ar maidin amáireach,' adúirt Leasrúnaí na nOibreacha. 'Ó nár ba hé amháin dó. B'fhéidir gurb í an Imirce Mhór a bheadh tugtha aige air féin ar maidin, an donán,' adúirt Pádraig a Breille. 'Ansin is cónra a chaithfeá a sholáthar dó.' 'Ní sholáthraíonn na hOibreacha Poiblí cónraí ánlacain,' adúirt an Leasrúnaí. 'Ba shin a dhul i mbarr gnathaí ar Ghusúlacht Phríobháideach.' 'Bhuel, caithfe tú rud eicínt a dhéanamh,' adúirt an Breilleach. 'Ach tá mo lá oíbresa thart,' adúirt an

locked in, bad luck to him, anyway," says N. "Bad luck to him is right," says I. No word of a lie. D'you hear me? "No sooner was I in the door from work," says N., "than the Chief Supervisor of Urgent Affairs was on the phone." "The Assistant Secretary from Public Works," says Urgent Affairs, "had that driveller of a TD Patsy Fitzprick on to him" ... I'm telling you there's no Patsy Fitzprick out here. Maybe that was him I passed on my way in. "Leave it till tomorrow. I'll look into it first thing in the morning," says the Assistant Secretary for Public Works. "Bad luck to him anyways. Maybe the clown will have taken the high jump if we wait till tomorrow," says Patsy Fitzprick. "It's a coffin you'll need for him then." "Public Works doesn't provide coffins," says the Assistant Secretary. "That would be in breach of Private Enterprise." "Well, you have to do something," says Fitzprick. "But I'm no longer on duty," says the Assistant Secretary. "All I'm asking is that someone open the lock; that's all, to open the lock. It's worth two, three, five votes, maybe, for me to get that door open," says Fitzprick. "If you don't do something, and send someone down with a hammer and a pair of pliers and an axe immediately—" "An axe! God forbid! Are you suggesting that a door, a Civil Service door—" "I don't care if you do it with your prick, so long as you do it right away," says Patsy Fitzprick. "First thing in the morning." "Don't mind the morning; do it now, right this minute, as quick as a goat would shit on cow dung," says Fitzprick, "or I'll bring it up in the Dáil—and you with it." "But what kind of fool is he that locked himself in? ..." "That's beside the point," says Fitzprick. The Assistant Secretary rang Urgent Affairs. "Bad luck to him anyway," says Urgent Affairs. "Bad luck to him is right," says the Assistant Secretary, "but it's your responsibility as Chief Supervisor of Urgent Affairs. I am formally handing responsibility over to you; it's in your hands

Leasrúnaí. 'Ní theastódh ach duine a scaoilfeadh an glas den doras, a scaoilfeadh an glas den doras, sin é an méid. Is dhá vóta, trí vóta, chúig vóta b'fhéidir dhomsa, an doras sin a oscailt,' adúirt an Breilleach. 'Mara ndéana tú rud eicínt, duine eicínt le casúr agus pionsúr agus tua a fháil ar áit na mbonn—' 'Tua! Dí-aithníthear! Arb éard ab áil leat doras, doras Státsheirbhíse—' 'Ba chuma dhá mba le do ghimide a dhéanfá é, ach é a dhéanamh ar áit na mbonn,' adúirt Pádraig a Breille. 'An chéad rud ar maidin.' 'Dheamhan maidin ná maidin muis, ach é dhéanamh lom láthaireach cho héasca is bheadh gabhar ag cac ar bhórán,' adúirt Breille, 'nó dúiseo mise sa Dáil é—agus thusa.' 'Ach cén sórt pleoitín é féin a ghlasáil é féin? . . .' 'Is cuma sin,' adeir Breille. Ghlaoigh an Leasrúnaí ar Ghnathaí Dlúsúil. 'Nár ba hé amháin dó,' adúirt Gnathaí Dlúsúil. 'Nár ba hé amháin aríst dó,' adúirt an Leasrúnaí, 'ach is é do chúramsa é, cúram Ard-Mhaoirseoir na nGnathaí Dlúsúil. Tá mé go foirmiúil dhá chur ar do chúramsa anois, idir lámha agat . . .' 'Ach tá mo lá oibre istigh,' adúirt Gnáthaí Dlúsúil, 'agus ní bhfuair mé memo ar bith. Ní fhéad-fainn cuilín clúmhaí a chuimilt den doras gan memo.' 'Memo ná memo anois, is ordú uaimse é. Lom láthaireach . . ."" Pádraig a Breille ru! Tá sé ar na boird a bheith ín a rúnaí pairliméid. Orainne sna hOibreacha Poiblí a bhuailfear thall é. Muide an t-ospidéal do chuile chois thinn de rúnaí pairliméid atá ar dhrámhasaí an Rialtais. Tá sé ag dearbhú go poiblí go ngortghlanfa sé an Oifig . . . Go bhfuil mé ag sceithe rúin Státsheirbhíse, a J. Bíodh an diabhal ag rúin Státsheirbhíse. Fir cheirde muide sna hOibreacha Poiblí agus ní spaideannaí de pháipéar súite de Státsheirbhísigh. Níl beann ar bith againn ar na pabhsaithe de phúdarlaigh pinn sin . . . Ar aon chor ghlaoigh Gnathaí Dlúsúil ar an Maoirseoir N. "Memo," adúirt N. "Memo ná memo anois," adúirt Gnathaí Dlúsúil. "An chéad cheann oibre ar maidin amáireach," adúirt an Maoirseoir N. "Lom láthaireach," adúirt Gnathaí Dlúsúil, "Pádraig a

now ..." "But I'm off duty," says Urgent Affairs, "and I got no
memo about the matter. I couldn't take a feather to that door
without a memo." "With or without a memo, I'm instructing
you to deal with it without further delay ..." Bloody Patsy Fitz-
prick. He's about to be made a parliamentary secretary. What do
you bet he'll be put in charge of us here in Public Works. We're
like a hospital for every gammy leg of a parliamentary secretary,
every useless eejit in the Government. He's making public state-
ments about new brooms and all that, cleaning the place up ...
I'm revealing departmental secrets now, J. To hell with them.
We're tradesmen here in Public Works, not like the fat lumps
of blotting paper that pass for Civil Servants. We couldn't care
less about those sourpuss pen-pushing pansies ... Anyway,
Urgent Affairs called Supervisor N. "A memo," says N. "Memo
or no memo," says Urgent Affairs. "The first job on the list for
tomorrow," says Supervisor N. "Immediately," says Urgent Af-
fairs. "Patsy Fitzprick, the next Parliamentary Secretary in the
Works ..." That's when Supervisor N. rang me, A. That was
what had the Old Lady in a tizzy and me in the middle of my
tea. "What sort of eejit would lock himself in," says I. "Eejit is
right, you can say that again," says Supervisor N., "but go over
anyway, A., and take— " "No one said anything to me about it,"
says I. "Things have to be done right. What's the world coming
to at all? Soon there'll be no memos. I'm going to the Bingo to-
night. First thing tomorrow morning ..." "Look," says N., "this
Patsy Fitzprick ..." "Bad luck to him anyway," says I ... No
word of a lie ... "But where will I get the tools?" says I. "The
tools are locked away. That fella with the gap between his teeth,
U., will have to open the store. He'll need written permission
from B. to do that. Not only is he deaf, he's the kind of fella
who, if he had the pen, he'd be missing the ink, and if he had

Breille, an chéad rúnaí pairliméid eile sna hOibreacha ..." "Ba ansin a ghlaoigh an Maoirseoir N. ormsa, A. Ba leis sin a bhí an-dlús go deo ag an Sean-Chailín agus mé i lár mo chuid tae. "An donáinín dhá ghlasáil féin," adeirimse. "Donáinín muis. Sin é a ainm," adúirt an Maoirseoir N., "ach gabh anonn, a A., agus tabhair—" "Níor inis duine ar bith tada dhomsa faoi seo," adeirimse. "Caithfear rudaí a dhéanamh go cuí. Céard tá ag éiriú don tsaol chor ar bith. Is gearr anois nach mbeidh memo ar bith ann. Tá mé ag dul ag Bingo anocht. An chéad rud ar maidin amáireach ..." "Feacha," adúirt N., "Pádraig a Breille ..." "Nár ba hé amháin do Phádraig a Breille," adeirimse ... Dar mo choinsias dúras ... "Ach cá bhfaighe mé uirnis?" adeirimse. "Tá an uirnis faoi ghlas. Caithfe U. mantach sin stór na huirnise a oscailt. Chuige sin caithfe sé cead i scríbhinn a bheith aige ó B. sin. I dteannta a bheith bodhar dó, nuair nach hé a pheann a bhíos ar iarra is é an dúch é, agus nuair a bhíos an peann agus an dúch aige bíonn na foirmeachaí cuí ar iarra. Ar aon chor tá idir pheann, dhúch agus pháipéar faoi ghlas ón cúig. Leis an gcead—" "Féach," adúirt N." "Níor mhór lá ar a laghad le cis a dhéanamh thríd an easca chaca sin de chóirí catha agus d'fhoirmiúlacht. Seo éigeandáil." "Ach tháinig deire leis an éigeandáil le deire an choga," arsa mise. "Seo éigeandáil," adúirt N. de thorann bamba meigeatóin. "Gnatha dlúsúil. Pádraig a Breille. Faigh scriúire agus casúr dá mbeadh ort iad a ghoid in áit eicínt, a A. Bain anuas an glas. Lig amach an donán as an seomra glasáilte sin. Bris cuing a mhuiníl má thograíonn tú ansin, nó déan poll taratháire in a dhroim agus tabhair cupla *blast* maith de chic dhó, go neamhoifigiúil dar ndóigh. Is féidir é sin a mhaisiú suas ar an memo mar dhóigh dhe gur cúnamh agus taca a bhí tú a thabhairt dó amach as an seomra, gur thit sé de thimpiste agus gur bhris sé cuing a mhuiníl. Diabhal baol ar aon dochtúr sa Stáitseirbhís é sin a bhreagnú. Beidh muid uilig ar a shochraide. Leath lá saoire san Oifig. Ach deisigh suas an

both, he'd be missing the necessary forms. Anyway, the pens, ink, and papers are all locked away since five. In order to obtain permission—" "Look," says N., "you'd need at least a day to wade through the shitload of forms and the whole shebang." "This is an emergency." "I thought the emergency finished at the end of the war," says I. "This is an emergency," N. exploded like a megaton bomb. "Urgent Affairs. Patsy Fitzprick. Get a screwdriver and a hammer, I don't care if you have to steal them, A. Take off the lock. Let the clown out of the locked room. Break his neck for all I care once he's out, or drill a hole in his back and give him a good kicking, unofficially of course. We can cover it up in the memo by saying you were helping him out of the room when he fell and broke his neck. There isn't a doctor in the Civil Service who will contradict you. We'll all go to the funeral. A half-day in the Office. Only put back the lock again so it looks like it's been fixed. It doesn't matter a damn if it falls apart again as soon as someone touches it with the tip of a wet finger, so long as it can't be said it was the Board of Public Works that broke it, or left it broken after them ... You'll have to go over there right away, A. Patsy Fitzprick! ..." Can you hear me in there, J.? I won't break your neck, but make no mistake, if you insist on staying in that room, I have the authority to use all necessary force to evict you from a place that is, for present purposes, appropriated by the Office of Public Works. Do you hear me? ...' A voice as harsh as a saw cut through A.'s voice outside. 'It's me ... your local TD, Benny Fartling, Fianna Gael, who else? Yes, another example of Fine Fáil's incompetence ... When we were in Government, no individual, no matter how hard he tried, could lock himself in like this. It's no wonder! You only have to take one look at that Patsy Fitzprick ... Let's see now. I'll put this in the public domain. I will. You'll get compensation. I'll see

glas aríst ar an doras i gcumraíocht é bheith deisithe. Is cuma sa diabhal é titim ó chéile an dá luath is a leagfas duine ar bith méirín fhliuch air, ach gan é fhágáil le rá gurb í Oifig na nOibreacha Poiblí a bhris ná a d'fhága briste é . . . Caithfe tú a dhul ann ar an toirt boise, a A. Pádraig a Breille! . . ." An gcluin tú mé istigh ansin a J.? Ní bhrisfe mé cuing do mhuiníl, ach bíodh a fhios agat, má fhéachann tú le fanacht sa seomra sin den bhuíochas go bhfuil d'údarás agamsa leas a bhaint as an oiread foréigin is a chuirfeas thú as seilbh áitribh atá chun na críche seo dílsithe de thuras na huaire in Oifig na nOibreacha Poiblí. An gcluin tú leat? . . .' Rois glór gargánta mar shábh thrí ghlór A. amuigh: 'Mise . . . do Theachta Dála, Tomás 'ac Broma, Fianna Gael, deile? . . . Sea, tuille de mhírath Fhine Fáil . . . Nuair ba muide an Rialtas chinnfeadh ar dhuine, th'éis a sheacht ndícheall, é féin a ghlasáil istigh mar seo. Arb iontas ar bith é! Féach Pádraig a Breille . . . Fóill anois. Poibleo míse é seo. Poibleo mise é seo. Gheobha tú cúitiú. Cuirfe mé faoi deara an Dáil agus an Seanad a ghairm in imeacht cheithre huaire. Suí éigeandála . . . Ach, ní polaitíocht é seo. Ní bhaineann sé leatsa, ach sa méid gurb é do leas-sa leas na tíre. Fág fúmsa . . .' Is cosúil go raibh Tomás 'ac Broma imithe agus A. freisin. Tomás 'ac Broma a dhíbir é, b'fhéidir, ar a theacht dó féin. Bhí J. ag iarra a bheith ag smaoiniú, ar nós duine a bheadh ag iarra sonda eicínt a thabhairt chun cruinnis thrí fhallaing dhorchadais. Dhíbir Tomás 'ac Broma A., ar fhaitíos go sroichfeadh aon deachma den bhuíochas d'aon duine ach dhó féin! Ní raibh a dhath de ghéillsine a ghéaga fanta i J. anois. Rinne sé sméaracht leis go dtí an píopa. Ní túisce teangmhaithe leis an luaí fhuar bheathach é ná tháinig guagaíl scáfar in a bhaill bheatha. An samhra a bhí ann agus ní raibh aon uisce ag dul thríd. Ach cá bhfios nach raibh ach é fuar? An píopa a bhrise? Ní bhfaigheadh sé óna chlaonta é. Ba mhó de choir píopa a bhrise ná doras. Ach cén chaoi a mbrisfeadh sé é? Bhí an píopa ag dul thríd an tSeirbhís

to it that the Dáil and the Seanad are forced to sit within four hours. An emergency sitting ... But this has gone beyond politics. It has nothing to do with you personally, except to the extent that your welfare is now inextricably linked to the welfare of the country. Leave it to me ...' It seemed as though Benny Fartling and A. had both left. Fartling must have chased A. away as soon as he arrived. J. was trying to collect his thoughts, like someone trying to make out a shape shrouded in darkness. Benny Fartling had got rid of A. so that no one else would share the credit for getting J. out. J. had lost all control of his limbs by this stage. He groped his way as far as the pipe. As soon as he touched the cold living lead his whole body began to tremble. It was summer and there was no water in the pipe. Maybe there was, only it was cold water. He could break the pipe. No, he couldn't. Breaking a pipe was an even worse crime than breaking a door. Anyway, how could he break it? The pipe ran through the whole service like a transport system, an artery that circulated authority. He felt helpless as a fly caught in the grip of that strong pipe. If it had anything resembling horns, J. could well believe he was in the same room as the devil; it was black as hell. He began picking flakes of plaster and paper from the wall and sucking them to try and keep his mouth moist. Then he remembered that there must be a wet patch in the corner. He had heard it was poisonous. At that moment he would gladly have swallowed anything wet, even poison, if only he could bend down far enough to reach it. Why hadn't he relieved himself in the jug? There wasn't a drop left in his body. He thought of the hair oil on his head but it had dried out and his hair was a mess after the night. He chewed the mildewed cover of one of the forgotten files in the corner of a cabinet, leaving only the label with its title on it. He felt reckless—tempted—the pipe was the cause of it

ar fad ar nós crios iompair, artaire aistrithe údaráis. Mhothaigh sé é féin cho héitreorach le cuileog i ngreim sa bpíopa teann teangmháilte sin. Dhá mbeadh rud ar bith i gcumraíocht adharca air, b'inchreidthe le J., ón dath dubh a bhí air, gur in aontseomra leis an bhFear Dubh a bhí sé. Thosaigh sé ag pioca sprúillíní, idir phlástar agus páipéar, den bhalla agus dhá ndiúl timpeall in a bhéal ag súil go gcoinneodh sé a bhéal fliuch ar an gcaoi seo. Chuimhnigh sé ar an bhfliuchán a chaithfeadh a bheith sa gcúinne. Nimh adeirtí. Ach ní chlaonfadh sé ar an ala sin ó nimh féin i gcruth laicht dhá mbeadh sé de bhrí ann croma cho fada leis. Nach mairg nach ndearna sé, geábh eicínt, sa gcrúsca é? Ní raibh striog in a cholainn anois. Chuimhnigh sé freisin ar an ola in a ghruaig ach bhí sí triomaithe agus a cheann stuithnithe thar oíche. Ceann de na comhaid dhearmadtha a bhí ag déanamh grán dubh le fada i gcúinne almóir chrinn sé an líonán amuigh ar fad dhe, ach gur fhága sé lipéad an teidil slán. Spreag seo fíochmhaireacht ann—cathú—an píopa ba thús scéil leis—nár mhothaigh sé ariamh roimhe sin. D'ionsaigh sé an darna ceann, nach raibh baol ar an oiread céanna grán dubh déanta aige, ach ba istigh i gcorp an chomhaid sna páipéir fhraighleach é an babhta seo. Thug an tuargaint go doras é. 'Mise Cáisc ó Sé, do Theachta Dála, an Neamhspleách. Tá éagóir dofhuilingithe déanta ort agus geallaimse dhuit go gcloisfe aer seo na hÉireann torann ... An doras a bhrise ón taobh seo, arb shin é, adeir tú? ... Go fonnmhar, dhéanfainn sin, ach ní fhéadfainn ... Tá sé fearacht ceann de na carraigreachaí móra sin atá in a suí go hanshocair in áiteacha ar fud an tsléibhe thíos againne. Bogfa sí le brú beag láimhe, ach na mílte fear ní iontódh droim ar ais as a háit í. Is cleas é seo ag an Rialtas agus ag an bhFreasúra cho maith, le daoine a ghabhainniú agus a gcur dhá gcois. Beidh na coistí cróinéara bríbeáilte acu le rá gur timpiste a bhí ann agus nach raibh aon mhilleán ag sroiche d'aon duine. Féadfa an Rialtas ansin a rá go bhfuil an imirce ag

all—in a way he had never felt before. He started on a second file that wasn't as mildewed as the first one except that this time the mildew was on the musty papers inside the file. The commotion outside drew him back to the door. 'I'm Paschal Lambe. Your Independent TD. An intolerable injustice has been done to you and I give you my word there'll be hell to pay ... You want me to break down the door from this side? ... I'd be delighted to, only I can't ... It's like one of those huge rocks you see balanced on a hillside back home. The slightest touch will topple it but a small army wouldn't put it back where it was. It's typical of the Government and the Opposition, a way of trapping people and undermining them. They'll have bribed the coroner's court to say it was an accident and that no one could be held responsible. Then the Government can say that emigration figures are dropping. I've raised numerous questions already in the Dáil about these inquests. The last one was about the big wall the Board of Public Works left ... The Minister said it was a dirty black lie, that I had spoken strongly against moving the wall last year, that tourists wanted to see it. Of course, what I actually said was that moving the wall would be dangerous, a public hazard. But the Minister twisted my words, saying that wasn't what I meant, and that he didn't have the statutory power to grant the widow a pension ... This door is a job for the Fire Brigade. I'll call them right away ... Could you not set the place on fire? Can't you set a match to a bundle of papers, and the whole place smothered with paper ... Now, now ... a little fire will do you no harm and you'll be rescued right away. The Fire Brigade is fully authorised to rescue people and property. It's the easiest way through this "chevaux-de-frise" of protocol—that's the term the Minister kept throwing in our faces last year, trying to pull the wool over our eyes on the Archaeology vote ... A plague

laghadú. Chuir mise go leor ceisteannaí Dála cheana faoi na coistí báis seo. An cheist dheire a chuir mé faoin mballa mór a d'fhága Bord na nOibreacha Poiblí ... Ba eard adúirt an tAire gur bréag chrónta, deargbhréag é, gur mé féin a chuir go daingean ar an Vóta anura in aghaidh an bhalla a dhíláthairiú, go raibh tóir ag turasóirí air. Ba éard adúirt mé, dar ndóigh, dá mbeithí ag díláthairiú an bhalla, gur ghuais, gur anachain phoiblí a bhí ann. Ach chuir an tAire cor cam claon i mo chuid cainte, dúirt sé nach é an rud adúirt mé a chiallaigh mo chuid cainte agus nach raibh aon chumhacht reachtúil aige pinsean a dheona don bhaintreach ... Is job é an doras seo do Lucht na nDóiteán. Cuirfe mé fios ar an bpointe orthu ... Agus nach féidir an áit a chur thrí lasa? Cipín a thabhairt do shlam páipéir, fómhar a bhfuil iothlainneachaí dhe anseo ... Anois anois ... ní dhéanfa dóiteán fánach dochar ar bith duitse agus déanfar thú a tharrtháil ar an bpointe boise. Tá cumhacht iomlán tarrthála daoine agus maoine ag Lucht na nDóiteán. Is é an bealach is fusa é thríd an *chevaux de frise* foirmiúlacht—sin focal a bhí dhá spalpa sna súile ag an Aire orainn d'fhonn dalla mullóg a chur orainn ar vóta na Seandálaíocht anura ... Bruth rua ar an bpáipéar seo! Ní ghabhfa sé thrí lasa. Fraighleachas. Faillí an Rialtais ... A dhiabhail go deo an bhfuil a fhios agat céard é, a J., Imleabhar na nDíospóireachtaí a raibh m'óráid féin faoin mballa. B'fhurasta aithinte nach ngabhfadh sé thrí lasa. Go mbuanaí Dia an fhírinne agus féach go mbuanaíonn ... Glaoife mé ar Lucht na nDóiteán. Is é an cás céanna é, mar tá bala an dó ann. Cho luath is bhraitear bala an dó, féadfa Lucht an Dóiteáin beart a dhéanamh ionann's dá mbeadh dóiteán spréachta follasach ann. Féadfa siad fuinneogaí a bhrise, ballaí a leagan, doirse a réaba ... Níl i mbala féin ach aimhreas, a J., sórt cáilíocht fhealsúnta. An bala is bala bréan don ghealshrón deirtear gur cumhracht don dubhshrón é. Deirtear freisin an séansún a aistríos céadfaí corpartha na dubhshróine in a bhréine go dtí a

on this paper! It won't light. Too damp. Government neglect ...
God Almighty tonight, J., do you know what it is, the Record of
Dáil Debates with my speech about the wall. No wonder it
wouldn't light. May God preserve the truth, now and forever ...
I'll call the Fire Brigade. It's all the same, so long as there's a
smell of burning. As soon as someone smells burning, the Fire
Brigade can take action as quickly as if there was a conflagration
for all to see. They can smash windows, demolish walls, break
down doors ... A smell is only a clue, a kind of philosophical at-
tribute. What stinks to heaven for one person is perfume for an-
other. They say that what the sensory perception of one person's
nose deciphers as foul-smelling according to its faculty of dis-
cernment, the next person's nose will translate as sweet perfume
... I'm surprised you never heard that, J. The Dáil Bar is a great
education. I'm not saying the drink now ...' J. crawled on his
belly to a damp patch on the wall that had been left behind
when a cabinet was moved. He began licking the spot frantically,
all the way up the panelled wall as far as he could reach on his
knees. There was a knocking at the door again and he crawled
back to it: 'Your corporation alderman Ernest Bellowes here.
They weren't going to let me in. The Minister had to be called.
There were only twenty votes between me and his own yes-man
at the last election. Do you see now, J., how little respect they
have for you in this miserable little country. And you a martyr to
your duties. In any other country, you'd be a hero. In Russia—
and believe me I'm no Communist, I'm a Catholic—you'd be
made a hero of the Soviet Union; they'd give you a hundred
thousand roubles as a prize, a pension right away, a villa in Mos-
cow and free time every day to visit Lenin's mausoleum. I'll raise
blue bloody murder. I'll go out on the streets, door to door; I'll
get you a full pension right away ... Well, okay, a promotion at

mhéin mheisiúnach, gur in a chumhracht neamha a aistríos céadfaí na gealshróine an séansún céanna go dtí méin mheisiúnach na gealshróine ... Níor chuala tú é sin ariamh, a J.? Is oideachas ann féin áras óil na Dála. Ní hé an t-ól féin anois, adeirim ...' Shnámh J. ar a bhéal agus ar a fhiacla go dtí áit ag an mballa a mbíodh almóir ann a haistríodh, ach ar fhan fuíoll fraighleachais sa mballa ar a lorg. Thosaigh dhá líochán go danra. Ligh an painéal ar fad cho hard is bhí i n-ann sroiche dhá ghlúine. Shnámh ar ais go dtí an doras a rabhadh dhá chnaga: 'Do Sheanóir Bardais Seán ó Saothraí. Le doicheall mór a ligeadh isteach mé. B'éigean glaoch ar an Aire féin. Ní raibh ach fiche vóta idir mé féin agus a ghiolla seisean sa toghachán seo caite. Féach, a J., a laghad meas is atá ort sa tír thuatach seo. Agus thú i do mhairtíreach dualgais. I dtír ar bith eile ba laoch thú. Sa Rúise, cé gurb eolas don tsaol nach comhchumannach mise ach Caitiliceach, dhéanfaí laoch den Aontas Sóivéadach dhíot, gheofá duais céad míle rúbal, pinsean láthaireach, villa i Moscó agus uain chuile lá ag tabhairt do chuairt ar mhásailéam Lenin. Cuirfe mise caismirt agus comhrac ar siúl. Gabhfa mé amach ar na sráideannaí, ó dhoras go doras, le pinsean iomlán a fháil dhuit láthaireach ... Bhuel ardú céime mar sin ... Ní stróbh ar bith Sinsear a dhéanamh dhíot. Beidh mise sa Dáil th'éis an chéad toghachán eile, th'éis fothoghachán b'fhéidir. Tá croí fabhtach ag Teanga Mhilis sin Fhianna Gael sa dáilcheantar se'againne. Tá a fhios ag chuile vóitéara anois go maró Bródach Oirthear na Cathrach Fhine Fáil é féin agus é óltach sa gcarr ... Sagart atá tú a iarra? Tíolacfa mé féin féin isteach é. Cé ab fhearr leat? Proinsiasach? Cairmilíteach? Íosánach? Is é an tÍosánach is fearr liom féin. Braitheann sé i gcónaí na spuaiceannaí ar lámha an fhir oibre agus coinníonn sé a shúile feannta orthu, go truaíoch shílfeá ... Ara ag an diabhal dearg go raibh siad maidin agus tráthnóna, caithfe siad sagart a ligean chugat. Má tá i ndán's nach ligfe cruthó mé de chuile chrannóg in Éirinn gur tír

any rate ... We'll make you a Senior, no problem. I'll be in the
Dáil after the next election, or by-election, maybe. Mr Silver-
tongue, the Fianna Gael candidate in our constituency, has a
dodgy ticker. Every voter in the place knows that Buckley, the
Fine Fáiler from the East of the City will kill himself some night
with his drink-driving ... You want a priest? I'll bring him in
myself. What would you prefer? A Franciscan? A Carmelite? A
Jesuit? I prefer the Jesuit myself. He always notices the blisters
on the working man's hands and looks at them closely, sympa-
thetically, you'd think ... Yera, fuck that for a game of soldiers,
they'll have to let the priest in to you. If they don't, I'll shout it
from every rooftop in Ireland that this is a pagan country, with a
pagan Government, worse than Russia, that its soul is blacker
than Africa, and it has twice as many sins as that cesspit London
... Oh, you don't want to create a fuss? You get nowhere in this
place without making a fuss; it's the last refuge of the poor and
the weak. It was by making a fuss that I scared the shit out of
that Sullivan fella in the paper scandal. As you know, he had the
market cornered and sold half the paper in the country to the Je-
hovah's Witnesses for books of sermons ... Well you're the only
one who doesn't know it then. If you knew anything at all, you
wouldn't be turning to dust inside there. D'you know what I'll
do? I'll go out into the highways and byways; I'll leave no stone
unturned, no possibility unexplored. I'll turn your predicament
into a national emergency. They'll have to bring in the army like
they do when the buses are on strike. ... Yera, there's a fear of
them ... The army's engineer corps. They'll have it sorted in half
an hour, an hour at the most. Nelson's arse was a greater chal-
lenge and it didn't take them long to blow him up. There you
have it. The Army.' J. stayed exactly where he had fallen by the
door, clutching the handle with his left hand, like a drowning

phágánach í seo, gur Rialtas págánach atá ann, gur measa í ná an Rúise, gur duibhe anam í ná an Afraice, gur mó a peacaí faoi dhó ná Londain peacúil Shasana . . . Ó ní mian leat fuile faile ar bith a tharraingt! Gan fuile faile ní féidir tada a fháil. Is é an fuile faile púdar na mbocht agus na bhfann. Ba le fuile faile a chuir mise an cac ar creatha i Súilleabhánach an pháipéir. Tuigeann tusa go raibh dhá chuid de pháipéar dlisteanach na tíre cluifeáilte aige agus díolta le Jehovah Witnesses faoi chomhair leabhara seanmóireacht . . . Tuigeann chuile dhuine eile é mar sin. Dhá mbeadh tuiscint ar bith ionatsa ní ag déanamh cuaille críon anseo a bheifeá. An bhfuil fhios agat céard a dhéanfas mé? Gabhfa mé amach. Ní fhágfa mé téad tíre gan tarraingt, ná cuaille comhraic gan buala. Déanfa mé éigean-dáil náisiúnta den chás seo. Caithfear an tArm a thabhairt ist-each mar dhéantar i stailceannaí busannaí . . . Ara níl baol orthu . . . Cipe Innealtóirí an Airm. Déanfa siad in imeacht leathuair é, uair ar a mhéad. Ba mhó de shaothar é bundún Nelson ná é agus féach gur chuir siad in aer é. Sin é é. An tArm.' D'fhan J. san áit a raibh sé tite ag an doras, greim an fhir bháite ag a chiotóg ar an murlán. Mar thuargaint toinne in éadan aille i bhfad i bhfad ó láthair a chuala sé an Teachta ó Ropaire, Páirtí an Allais, ag fuagairt air isteach: 'An deoir dheire de do chuid allais a shile ar a son! Agus iad ag fás suas in aoileach ar gcuid allais. Tithe móra, carrannaí móra, mná móra, postaí móra, boilg mhóra acu ar allas na seang. Sin é é. Ní airíonn an sách an seang. Thuas sa gCaisleán ag ithe agus ag ól ar allas na mbocht atá siad féin agus a gcuid ban mórbholgach mórthónach, mór-shliastach mórchíochach mórghabhalach ar ala na huaire seo. An dtarlódh sé in aon tír faoin mbogha bán ach sa tír mhí-chinniúnach seo? Thug mise isteach bille sa Dáil le go mbeadh cosaint ar shlaghdán a chéile ag oibrithe a bheadh ag obair in éindigh. An bhfuil a fhios agat an rud is deireanaí atá faighte amach faoi shlaghdán ag lucht leighis? Go n-aistríonn bala

man. The voice of Deputy Rush, from the Sweat Party, shouting at him was like the distant crash of a wave against a cliff: 'You give them the last drop of your sweat and they grow fat on the back of it. Big houses, big cars, big women, big jobs, big bellies from the sweat of the underfed. That's it: fat cats pay no heed to famished mice. They're up there right now in the Castle eating and drinking on the sweat of the poor, and their wives beside them with their big bellies, big arses, big hips, big breasts, big thighs. Would it happen anywhere else under the sun only in this misfortunate country of ours? I brought a bill before the Dáil to protect workers from catching colds from their work-mates. Do you know the latest thing that medical research has discovered about colds? That the smell of sweat can spread it, or the smell of a fart. The Minister claimed there was no evidence for it and threw out the Bill. I introduced another Bill to control the prices charged by prostitutes and asked that the matter be referred to the Fair Prices Commission. Between ourselves, it would help to provide equal opportunities for the man who earns his living by the sweat of his brow, but I had to say the opposite in order to get what I wanted. What I said was that as soon as illicit pleasures, traditionally the preserve of the well off, became available to everyone, that demand for such dubious delights would decline. Do you know what the Minister said? That there were no prostitutes in Ireland, and if there were, the police could deal with them. All they want is to keep all the perks for the rich. Look at the injustice that is being done to you ... You want a priest? With all due respect, the bill I proposed would have benefited the clergy. As soon as prostitution had lost its attraction, the priests could divert their energies into opposing something else; communism, for instance. I'm telling you it's not just you that's suffering from injustice, but others like you as

allais, bala tufóige, slaghdán. Dúirt an tAire nach raibh aon
chruthú ann agus chaith amach é. Thug mé bille isteach le
luachannaí stríopachais a shriana agus le go gcuirfí an scéal as
comhair Choimisean na Luachannaí Cothram. Eadrainn féin
chuideodh sé le comhdheis a thabhairt d'fhear an allais, cé gurb
é a mhalairt adúirt mé ar mhaith le mo chúis a chur i gcrích.
Dúirt mé nuair a d'fheicfí go raibh fáil ag cách ar shó toirmiscthe,
só lucht airgid, só aimhreasach mar seo, nach bhfanfadh aon
tóir air. An bhfuil a fhios agat céard dúirt an tAire? Nach raibh
stríopach ar bith sa tír agus má bhí go raibh na póilíos i n-ann
plé leo. Ag iarra chuile mhíle só a choinneáil do lucht an rachm-
ais. Féach an éagóir atá dhá dhéanamh ortsa . . . Sagart arb ea? I
gcead duit séard a chuideodh an dlí a bhí molta agamsa leis na
sagairt. Nuair nach mbeadh aon chion fanta ar an stríopachas
d'fhéadfadh na sagairt a ndúthracht a chaitheamh in éadan rud
eicínt eile, in aghaidh an chomhchumannachais, cuir i gcás.
Deirim go bhfuil leatrom dhá dhéanamh ar do leithéidí eile
féin. An uair dheire a raibh do bhean go dtí mé faoin a cuid
scoilteachaí, dúirt sí nach bhfaigheadh a cuid scoilteachaí an
tuairteáil dhalba ach na hoícheantaí a dtosaíteá féin ag iontú
thart sa leaba mar bheadh Christy Ring ag cur na liathróide sa
gcúl. Nár bhreá an rud dhá bhféadtá corrshuaimhneas a thabh-
airt do do bhean bhocht chiréimeach, buala amach san oíche
Dé hAoine nó Dé Sathairn, a dhul isteach i dteach ósta mar
dhéantar i dtír Chaitiliceach na Spáinne . . . Sagart, adeir tú. An
bhfeiceann tú an bhfuil de shagairt sa Spáinn? An tír is Caitilicí
sa domhan agus an tír is mó stríopachas déarfaidís. Níl aon
eolas pearsanta agam faoi, mar ní raibh mé sa Spáinn ariamh . . .
Ara sea! Tá tú ag iarra a theacht amach as seo. Nár léigh agus nár
chuala mé ar an nuaíocht tráthnóna é? Bhí an-aiféala orm nach
raibh mé ag baile nuair a tháinig do bhean. Fhobair gur bhasc sí
mo bhean féin. Lean sí len a maide siúil í. Ach ní hiona í bheith
in a coire mionnaí móra, an bhean bhocht. Feacha. Beidh tú

well. The last time your wife came to my clinic complaining about her rheumatism, she said the worst nights were when you started twisting and turning in the bed like Christy Ring scoring a goal. Wouldn't it be a great relief to your poor crippled wife if every now and again you could get out of a Friday or a Saturday night, into a public house, like they do in Spain, another Catholic country ... A priest, you say? Do you know how many priests there are in Spain? The most Catholic country in the world, they say, and the one with the most prostitutes. I'm not speaking from personal experience here because I was never in Spain ... Of course you're trying to get out of here! Didn't I read it in the papers and hear it on the news? I was very sorry to be out when your wife called in to me at home. She nearly killed my own missus, chasing after her with her walking stick. Is it any wonder she was spitting and cursing, the poor woman. Look, you'll be out as quick as a whore would rob a drunk man, the kind of thing my bill would have put an end to. Wait till I go down to the Liberty Lounge, the party's drinking hole, and get my brother Mickey Rush. He was a locksmith by trade before he was elected secretary of the union. He opened the lock on a door for a friend and colleague of mine the other day. Just between the two of us, it had nothing to do with politics. There was a woman with a room on the other side of the wall from my friend, same as if she was in this room here now and you on the other side of the wall. A lock can close or open all kinds of things, as the fella said. I won't be—' J. slumped down against the door. He raised his knees but got little relief from the pain ... He was sufficiently conscious to hear the shouting and abuse outside. The Sweat Deputy had come back with the locksmith Mickey Rush and all his equipment. He was laying in to the door when the Guards stopped him, on the instructions of the civil servants who had

amuigh cho mear is bheadh bean choitianta ag slada fear óltach, ceird a gcuirfeadh mo dhlísa deire leis. Feadh mise a dhul síos ag teach ósta na Saoirse, sin é teach ósta an pháirtí, agus mo dheartháir Micil ó Ropaire a fháil. Is glasadóir a bhí ann de réir ceirde sul ar toghadh in a rúnaí ar an gceardchumann é. Scaoil sé glas de dhoras le caraid agus comhoibrí liom féin an lá cheana. Eadrainn féin ní cúrsaí polaitíocht é. Bean a bhfuil seomra aici ar an taobh eile den bhalla ó mo charaid, mar bheadh sí sa seomra seo anois ón áit a bhfuil tusa. Is mór atá glas i n-ann a dhúna agus is mór atá glas i n-ann a scaoile, mar deir siad. Ní bheidh mé — ' Thit J. siar le fána leis an doras. D'ardaigh a ghlúine san aer ach ba bheag maolú ar a phianta é sin . . . Bhí sé de mhothú ann an sclamhaireacht ghártha a chloisteáil amuigh. Teachta an Allais a bhí fillte agus an gabha glas Ó Ropaire len a chuid uirnis in éindigh leis. Bhí sé ag tabhairt go santach faoin doras san am ar bhac na Gardaí é ar aithne na stáitsheirbhíseach, a bhí i ndiaidh a bheith i ndáil chomhairle: 'Ní féidir le gabha glas príobháideach baint le doras mar seo mararb iad Bord na nOibreacha Poiblí a iarrfas air é. Níl aon bharántas agat ó Bhord na nOibreacha Poiblí? . . . Níl. Cáil A? Má thugann tusa an uirnis d'A. féadfa A. é a dhéanamh . . . Níl A. le fáil? . . .' Bhí an seomra amuigh in a chlogás a raibh a lán cineál creidhleannaí as. Ar feadh i bhfad d'fhan glór Theachta an Allais ag déanamh nead bheag shóláis i gcluais J., ach scoir sin féin . . . Ba é an tArm an dóigh ab fhearr agus ba lú foirmiúlacht thríd agus thríd. Rinne an Rialtas ordú éigeandála a tugadh ag an Aire Cosanta sa gCaisleán len a shíniú, agus len a sheachada don Cheann Foirne, arbh éigean é a leanacht ón gCeann-Áras go dtí an Caisleán. Chuir seisean i bhfios é do Stiúrthóir Chipe na nInnealtóirí; a tóraíodh ag an gCeann-Áras agus ag a theach féin agus a fritheadh sa gCaisleán. Bhí na hInnealtóirí in a gcolla, ar shaoire lánúnachais agus ar shaoire eile. Bhí gutháin ag baint, teachtairí ar ghluaisrothair ag dul soir siar agus córas

taken advice on the matter: 'A private locksmith cannot interfere with a door such as this unless requested to do so by the Board of Public Works. Do you have written authorisation from the Board of Public Works? No. Where is A.? If you give the equipment to A., he can do it ... A. is not available?' The outer room was a watchtower sounding all kinds of alarms. For a long time Sweat Deputy's voice nestled comfortingly in J.'s ear, but even that didn't last. The Army was the best and least complicated solution, all things considered. The Government issued an emergency order that was taken to the Minister for Defence in the Castle to sign and pass on to the Chief of Staff, who had to be followed from Headquarters to the Castle. He, in turn, informed the Director of the Engineer Corps, who was found in the Castle after he was discovered not to be at Headquarters or at home. The engineers were either asleep, on marital leave, or other forms of leave. Telephones were ringing, messengers on motorbikes going back and forth, transport being arranged. A warrant was issued by the Board of Public Works that kept a tight grip on that part of its authority until the bitter end. Two Senior Supervisors were present which meant that the secretary himself had to be woken at an ungodly hour as he slept like an old ruin after his day's work in the Castle. It was said that Patsy Fitzprick was mostly to blame in the end for the delay. He was deadweight, in the way, an obstacle to the urgent matter in hand. He insisted to anyone who would listen that if it wasn't for him the army would never have been called in and that J. would have died in that hole for want of assistance. In the heel of the hunt, he managed to slip into where the action was, in between the two Senior Supervisors, something no other public representative had managed to do. Dawn was breaking when they finally reached J. His knees were raised up as straight as was

iompair dhá chur ar fáil. Fritheadh barántas ó Bhord na nOibreacha Poiblí a choinnigh an cion sin dá ndlínse i ngreim eireabaill go spriog. Bhí beirt Ard-Mhaoirseoirí i láthair agus chuige sin b'éigean an rúnaí féin a dhúiseacht go hantráthach agus colla sheanthothraigh air i ndiaidh an Chaisleáin. Dúradh gurbh é Pádraig a Breille ba mhó ba tsiocair mhoille as a dheire. Bhí sé in a bhalasta neamhriachtanach, in a ghnathaí gan iarra, in a bhacainn ar ghnatha dlúsúil. Sháraigh sé ar chuile dhuine marach é féin nach mbeadh aon arm ar fáil agus go mbásódh J. istigh sa bprochóg sin cheal fóirithinte. As a dheire thiar d'éirigh leis sciora isteach ar láthair na cinniúinte idir an dá Ard-Mhaoirseoir, rud a chinn ar chuile ionadaí poiblí eile. Bhí sé i gcomhraic oíche agus aithne lae san am ar sroicheadh J. Bhí a dhá ghlúin cho díreach in airde is d'fhéadfadh cosa basach nutach a bheith; a ghruaig stuithnithe ag falach a shúile, a chloigeann le fána in aghaidh sháil an dorais, agus clúdach comhaid in a bhéal mar bheadh sé dhá phóga. Tá luaidreán ann gur cheann de na comhaid dhearmadtha é agus gur chinn orthu é a réiteach as a dhrad glasáilte gan é a ghearra. Thug an sagart aspalóid choinníollach. Dúirt Pádraig a Breille paidrín dólámhach agus thug cheithre chárta Aifrinn ar aird a bhíodh ar iompar i gcónaí aige, faitíos na heirimisce. Ba í breith an dochtúr neamhspleách, ar chuir Teachta an Allais, Tomás 'ac Broma, Cáisc ó Sé agus Seán ó Saothraí faoi deara cead isteach a thabhairt dó, gur thrombóis chorónach ba chiontsiocair, ar luathaigh ocras agus tart go háirid léi, i dteannta fuadach croí as imní agus scáfaireacht. Níor aontaigh dochtúr Stáitsheirbhíse leis sin ach ghabh sé de chead a fhianaise féin a fhorchoimeád go dtí coiste an chróinéara. Thug Bord na nOibreach Poiblí leo a gcion féin den chreach, an dá chuid den Eochair Bhriste.

possible for a man with flat feet and stumpy legs, his dishevelled hair covering his eyes, his head to one side against the bottom of the door, and the cover of a file in his mouth as if he was kissing it. It is rumoured that it was one of the forgotten files and that they were unable to get it out of his clenched mouth without cutting it. The priest gave J. conditional absolution. Patsy Fitz-prick said a rosary single-handed and produced four mass-cards that he always carried in case of such an eventuality. It was the considered opinion of the independent doctor that Sweat Deputy, Benny Fartling, Paschal Lambe and Ernest Bellowes insisted be admitted, that coronary thrombosis was the cause of death, precipitated specifically by hunger and thirst, along with palpitations brought on by anxiety and trepidation. A Civil Service doctor disagreed with those findings but demanded permission to reserve his evidence until the coroner's inquest. The Board of Public Works managed to salvage something from the episode, the two pieces of the Broken Key.

MÁIRTÍN Ó CADHAIN (1906–1970) was born in Connemara. He was a short story writer and is considered to be a pioneer of Irish-language modernism. He wrote three novels, six collections of short stories, and many political pamphlets. He is best known for his novel *Cré na Cille* (*The Dirty Dust*).